Du même auteur,

Romans :
- « *Testament d'Outre-Glaces* » ©1997 Diamedit
- « *Jeanne d'Arcadie* » ©2012 Diamedit

Théâtre et spectacles historiques :
- « *Du plomb dans la mitre* » (co-écriture à quatre mains avec Gérard Bavoux) ©2000 Diamedit
- « *Cathares* » (collaboration avec Gérard Bavoux) ©2001 Diamedit

Scenarii :
- « *Le lacet d'argent* » ©2005 Diamedit

Publications partielles ou intégrales sur Internet :
- www.royalement-votre.com ©1997/2011 Diamedit
- www.diamedit.net © 2011 Diamedit

Seconde édition

©2016 Diamedit / Jack MINIER

À mes enfants,
élevés hors l'influence de tout dogme...

Jack MINIER

SAGA DEUS
Temps UN

Roman

DIAMEDIT

« *Quid est in hominis vita diu ?* »
(Qu'est-ce que longtemps pour une vie d'homme ?)
(Cicéron)

« *Rien n'est moins que le moment présent, si vous entendez
par là cette limite indivisible qui sépare le passé de l'avenir.* »
(Henri Bergson, Philosophe français Nobel de littérature 1927)

« *L'homme est insensé. Il ne saurait forger une
punaise et forge des dieux à la douzaine* »
(Montaigne)

1

Un point d'argent jaillit du fond de l'espace noir et fila dans le vent solaire à la rencontre des étoiles qui s'étendaient maintenant devant lui.

Le vaisseau avait-il subi des avaries ? Sa coque montrait çà et là trace de nombreux petits chocs dus à une navigation malaisée dans une ceinture d'astéroïdes, mais rien de bien grave, et il filait maintenant dans l'espace libre à vitesse vertigineuse. Sur son flanc un sigle, un œil au centre d'un triangle équilatéral, et un nom : USS ELOÏ.

À la recherche de sa planète d'origine, le pilote automatique de l'astronef mit le cap vers un petit soleil, au bord de la Voie Lactée...

Plusieurs mois s'écoulèrent avant que le buzzer réveillât l'équipage en léthargie. Quelques instants plus tard, tout le monde était sur la passerelle. Une boule nuageuse grossissait à vue d'œil sur les écrans du vaisseau. La Terre !... Toujours aussi bleue, toujours aussi belle. L'équipage, fasciné, ne la quittait pas des yeux...

— Enfin chez nous les gars ! Notre bonne vieille Terre et toujours là !... Ça fait plaisir hein ? Je peux bien le dire maintenant, j'avoue avoir nourri quelques craintes depuis cette inexplicable panne des communications...

*

Suite à plusieurs guerres ravageuses menées par certaines puissances spatiales au début du 3ᵉ millénaire, et surtout devant l'encombrement exponentiel de la ceinture géostationnaire, l'ONU avait enfin pris en main au XXIIIᵉ siècle le monopole de la gestion spatiale. On avait regroupé la NASA américaine, la Cité de l'Espace russe, l'Aérospatiale européenne, l'agence spatiale chinoise et toutes les petites agences nationales dans une unique branche scientifique mondiale : « Extensive Life Oversearch Institute » (ELOI). La gestion en était certes plus lourde, puisqu'on y trouvait davantage encore de fonctionnaires que dans la somme de toutes les anciennes organisations, mais la paix, et surtout l'écologie s'en étaient tout de même mieux trouvées depuis quelques décennies. On dépensait maintenant les budgets en occupant les cerveaux à d'autres tâches, et l'USS ELOÏ avait été envoyé vers les étoiles pour y rechercher les traces éventuelles d'autres civilisations, ou du moins d'autres traces de vie... Après cinq ans de voyage interstellaire les pionniers revenaient, bredouilles ou presque, mais très heureux de rentrer chez eux...

— Mais... bon sang, c'est pas possible ? Regardez-moi ça ! Une planète ne change pas comme ça en cinq ans ! Il s'est passé quelque chose !

— Hmm... Cinq ans pour nous mais, compte-tenu de notre vitesse presque luminique, plusieurs décennies pour eux, ne l'oublie pas. Et encore !... Cinq ans dans l'hypothèse où Einstein ait eu raison, ce qu'on n'a jamais vérifié à cette échelle... De plus, notre périple ne prévoyait pas ce détour par un trou noir sur le chemin de la maison !

— D'accord, on a frisé la catastrophe mais c'est fini, nous sommes bien vivants, et ça n'explique pas ce bordel ! Regarde-moi ça, on ne reconnaît même plus les continents. Tiens, l'Amérique... tu la reconnais toi, l'Amérique ?

— Ça, je dois dire... Voyez comme la côte Ouest est peu élevée... les montagnes étaient pourtant bien là en partant... On dirait que le continent tout entier a pris du gîte comme un vieux rafiot... Et là, en bas, regardez, l'Amazonie complètement noyée par une mer intérieure...

— Ouaip ! J'ai l'impression qu'on va avoir des surprises... On devrait faire le tour de la planète avant de se poser... Voyons un peu les autres continents...

*

L'appareil placé en orbite, tous les scanners furent mis à contribution pour sonder la surface, leurs radars analysant toutes les plages d'ondes électromagnétiques possibles et imaginables émanant de la planète. La comparaison avec la cartographie de la bibliothèque embarquée laissa bientôt paraître des bouleversements inattendus. Il fallut se rendre à l'évidence. La Terre ravagée avait visiblement vécu l'un des plus grands cataclysmes qu'on puisse imaginer. D'après les dernières connaissances géophysiques incluses dans leurs programmes, les ordinateurs de bord reconstituèrent le scénario le plus probable : Pendant l'absence de l'USS ELOÏ, la planète avait dû subir l'impact d'un énorme astéroïde... Comme sous la gifle d'une gigantesque raquette, elle s'était déformée subitement dans un sens, puis dans l'autre, à plusieurs reprises avec la même élasticité qu'une balle de tennis au rebond. Sous la pression, les volcans avaient craché leurs entrailles et les plaques tectoniques s'étaient télescopées, s'enfonçant ici resurgissant là...

Ça avait dû se passer depuis un certain temps déjà car l'air était redevenu translucide et l'atmosphère relativement épurée de toutes les scories volcaniques... Cependant, le pôle magnétique avait à l'évidence changé de place, la croûte terrestre fracassée en maints endroits faisait apparaître des failles océaniques là où il y avait auparavant des terres émergées et de hautes montagnes hérissées de pics menaçants remplaçaient les plaines là où elles n'avaient pas été englouties sous une autre plaque ou noyées au fond d'un nouvel océan...

D'immenses calottes de glaces recouvraient maintenant les pôles jusqu'à mi-chemin des tropiques, on reconnaissait tout juste sous leur croûte certaines formes anciennes du continent eurasien à demi recouvert. Les îles britanniques recollaient au continent, la Méditerranée était bien plus ouverte qu'elle n'aurait dû l'être, le sous-continent indien effleurait l'Asie du bout de l'aile et de petits plissements s'étendaient le long de la ligne de subduction, là où aurait dû se trouver les plus hautes montagnes de leur temps, l'Himalaya. Seule l'Afrique, verdoyante, semblait s'en être tirée avantageusement.

— Pffff ! quel bordel !... Qu'est-ce qu'on va trouver là- dessous ?...

— Comme tu dis Mikhaïl !... Bon, compte-tenu de la relativité du temps pour nous et pour eux, nous savions bien en embarquant qu'on ne retrouverait plus au retour nos familles ou amis dans le même état physique... Tout de même, j'espérais bien retrouver mes petits-enfants ou leurs descendants, mon appart sur Broadway et ma verte vallée en Oregon. Maintenant, j'ai des doutes... Y a-t-il même encore des survivants ?... Qu'en disent les scanners ?

— Rien... Le vide électromagnétique absolu hormis les émissions naturelles. À l'exception de l'infrarouge, pas la moindre émission dans aucune bande. Pas même en ondes courtes. Rien de chez rien.

— Pas étonnant que nos appels soient restés sans réponse depuis si longtemps !

— Ça ne veut pas dire qu'il n'y a plus de vie... D'ailleurs, l'infrarouge montre de nombreux êtres à sang chaud. Le choc électromagnétique a dû être extrêmement violent et il a pu détruire les appareils, les sources d'énergie, mais pas les êtres vivants... Enfin, pas tous !...

— Hmm... Oui, sans doute, mais depuis combien de temps ? C'est bien ce qui m'inquiète... L'histoire nous a appris qu'une civilisation qui n'avance pas recule. Et en cas de cataclysme mondial, ce ne sont pas nécessairement les plus avancés qui survivent... J'ai hâte de mesurer l'étendue des dégâts.

13

— Comme tu voudras Yahvel !... Heu... en l'absence de contrôle au sol, on a le choix... On se pose où ?

— Essaie d'abord cap Kennedy, si la base existe encore...

L'appareil amorça sa descente mais le survol de la côte Est leur apprit que New-York avait été balayée de la carte, enfouie sous l'épaisseur des glaciers qui descendaient de ce qui avait été les Grands Lacs. En continuant ils s'aperçurent que Washington, Miami, Tampa, et toutes les villes de la côte jusqu'à la Floride semblaient s'être évaporées, elles aussi. En fait toutes les cités d'Amérique semblaient avoir été effacées de la carte. Pas toutes sous la glace, non, en fait, rien ne semblait même avoir jamais été construit en ces lieux. Le Cap Kennedy était bien là, mais comme une île au milieu du Golfe du Mexique. Aucun ouvrage d'art, aucune route, encore moins d'autoroute, ne montrait un quelconque sillage de civilisation sous l'appareil planant à basse altitude.

On mit le cap sur le vieux continent. Londres : inexistante ! Paris : néant. Rome : même chose. Aucun signe de réalisation humaine nulle part !

— Bon sang ! s'écria Yahvel, s'il y a quelque chose au monde qui ne craigne pas les tremblements de Terre, c'est les pyramides ! Elles au moins ne peuvent pas s'être écroulées !... Cap sur l'Egypte !

Mais la vallée du Nil était toute aussi désertique que le reste de la planète.

— Nom de Dieu ! ça ne rime à rien, c'est impossible ! Aucune guerre nucléaire ni même un cataclysme cosmique ne peut à ce point effacer toute trace de milliers d'années de civilisation ! Il y a forcément autre chose !... Le point, vite ! demanda Yahvel. En quel temps sidéral sommes-nous Mikhaïl ?

— Une seconde, je calcule la position des étoiles...

Le verdict tomba dans les secondes suivantes ;

— Il doit y avoir une erreur !... Selon ce schéma nous serions en 451 000 AVANT J.C. !!!...

— Vérification ! C r o i s e m e n t d e s s o u r c e s astronomiques !

Un temps passa. Yahvel fronça le sourcil à la vue du résultat donné par les ordinateurs de bord.

— Hum... J'ai bien peur qu'il n'y ait aucune erreur, Mikhaïl ! Nous sommes bel et bien revenus dans le passé, des centaines de milliers d'années avant le Déluge... La science-fiction disait vrai, notre virée imprévue par ce trou noir nous a fait remonter le temps.

— Merde alors ! Et comment on fait pour retrouver le nôtre ?

— Aucune idée... D'abord se poser... Où ? On verra bien, de toute façon on n'a pas le choix.

— Il y a autre chose...

— Oui ?

— La Terre tourne beaucoup plus vite qu'à notre époque... En fait, tout le système semble tourner plus vite... et la Lune est légèrement plus éloignée.

— Tu es sûr Mikhaïl ? Si c'est vrai, ces gens doivent vieillir beaucoup plus rapidement que nous... Mais il faut déjà qu'il reste du monde !... Bon dieu, quelle aventure !

— Hum... Encore autre chose !

— Oui quoi encore ?

— Eh bien, nous sommes à court de combustible. Il

15

va nous falloir poser le taxi d'ici une demi-heure, pas plus...

2

Le pilote posa le gigantesque appareil sur un plateau dominant une large plage au bord du fleuve... Ça ne dérangea aucunement les nombreux crocodiles qui se chauffaient au soleil à l'écart de voluptueux bouquets de palmiers. La Nature était absolument vierge et luxuriante. Seuls quelques flamands roses choisirent de s'envoler à la vue de cet oiseau monumental qui venait leur faire de l'ombre. Le bruissement de leur envol troubla quelques instants la quiétude de l'endroit, puis tout retomba dans le silence. Les moteurs coupés, les passagers sortirent les uns après les autres...

— Quartier libre pour tout le monde ! Ne vous éloignez pas trop, on ne sait pas ce qu'il y a autour... Mikhaïl, établis-moi un périmètre de sécurité... Ah ! ça fait tout de même du bien de marcher sur la terre ferme ! Et Dieu que cet endroit est beau !

— Tu l'as dit, Yahvel, c'est magnifique. Et l'air est pur ! Sentez-moi ça !... Hum, vingt dieux ! ça faisait une éternité que je n'avais pas respiré une telle atmosphère... Tous ces parfums, ces fleurs...

— Faut dire que celle de Sirius est un tantinet plus acide... Quant au trou noir par lequel nous sommes passé, j'avoue ne pas avoir tellement eu envie d'y respirer. Je me demande encore comment nous en sommes sortis.

— Recrachés ! Nous avons étés recrachés par ce vortex, comme un glaire du fond d'une gorge enrhumée ! Voilà comment nous en sommes sortis. Mais ne me demandez pas pour quelle raison nous n'avons pas été broyés par ce moulin à légumes géant... Quoique... J'ai ma théorie là-dessus mais il faudra faire parler les enregistrements de bord pour essayer de comprendre, et qui sait quand ce sera possible... Nous avons eu tout juste assez d'énergie pour atterrir ici, et inutile d'espérer faire le plein à la pompe !... Il va d'ailleurs nous falloir réinventer les pompes si l'on veut subsister un peu dans cette époque !... à moins de renoncer à repartir d'ici et redevenir sauvages ?... Le première chose à faire est de se fournir en énergie, et donc de construire une centrale... Solaire, hydraulique ou atomique, je vous laisse le choix mais, à mon sens, faisons simple pour commencer...

— Je suis bien de cet avis mais ce ne sera pas simple. Hormis pour le spectre visible, l'atmosphère empêche le rayonnement cosmique de parvenir jusqu'à la peau de l'appareil. Il va falloir procéder en deux temps. Un moyen provisoire, pour se fournir en énergie domestique d'abord, et rechercher ensuite celui de recharger les batteries ioniques. Et ça, ce ne sera pas une mince affaire... Il nous faut aussi penser à l'approvisionnement. J'en ai ma claque de manger des conserves et du lyophilisé. Heureusement, la nature semble généreuse ici. On pourra toujours pêcher, ou manger du crocodile, et il ne manque pas de dattiers et autres arbres fruitiers... Cette terre paraît incroyablement fertile...

— Naturellement, il s'agit de la vallée du Nil, n'oublie

pas tes cours d'histoire ! Il manque juste quelques fellahs pour la cultiver !...

*

Les membres d'équipage rescapés de leur expédition stellaire aventureuse, de ces longues années passées dans les environs de Sirius avant d'être malencontreusement aspirés dans ce trou noir sur le chemin du retour, se détendaient en marchant sur la plage, en respirant les fleurs, en se baignant dans les eaux chaudes du Nil. Parfois, l'un ou l'autre prenait un fusil à protons et partait chasser. Il revenait régulièrement avec un crocodile, une gazelle ou quelques poules sauvages. La nature était prodigue et la forêt tropicale environnante abondait en gibiers de toutes sortes.

Ils avaient dressé un camp provisoire. De petites cases de branches et d'argile s'étalaient sur la plage au pied du plateau, et un périmètre se sécurité avait été dressé autour, dont deux robots androïdes surveillaient les entrées. Ils se mirent au travail d'arrache-pied, construisirent sur le fleuve une dérivation pour provoquer une chute d'eau et mettre en œuvre une turbine confectionnée avec les moyens du bord. Ils purent ainsi satisfaire leur besoin d'énergie quotidienne, mais ce fut tout. Les instruments de bord fonctionnaient, les ordinateurs consomment peu, mais pas question d'une production suffisante pour recharger les batteries ioniques de l'appareil, encore moins pour envisager de le faire décoller pour aller voir plus loin. Ils étaient donc en apparence condamnés à s'établir ici, au moins pour le temps nécessaire à la construction d'une centrale plus puissante. Et plus le temps passait, moins ils avaient l'espoir de pouvoir la réaliser. Ils devaient désormais se considérer comme des naufragés perdus dans le passé sur leur propre planète...

Durant près de deux années, personne, aucun humain ne vint les déranger. Au point qu'ils se demandèrent si, vraiment, ils étaient les premiers ou les derniers hommes sur Terre... Puis, un jour...

*

Une, puis deux détonations secouèrent l'atmosphère ! Dans le même temps, les androïdes sentinelles avaient transmis un signal d'alerte au poste de vigie établi dans l'astronef. En un instant la passerelle fut en effervescence. Il y avait « quelqu'un » dans les alentours, quelqu'un qui avait tenté de s'approcher, quelqu'un sans badge, et pas un animal familier du fleuve !... Les androïdes avaient fait leur boulot, ils avaient déclenché deux détonations percutantes qui avaient résonné longuement, deux coups de tonnerre dans le silence de la vallée. L'intrus s'était enfui, instinctivement, mais il allait revenir, c'était certain. On visionna les enregistrements vidéo des deux androïdes : l'image était nette, c'était un humain !... Un petit homme, guère plus qu'un mètre vingt ou trente de taille, chevelu, assez crépu, la peau sombre, vêtu d'une peau de bête et un épieu à la main... L'image montrait les yeux exorbités qu'il avait roulés en entendant les détonations. Les androïdes ne l'avaient pas blessé bien sûr, ils étaient programmés pour alerter, non pour tuer, mais il avait détalé comme un lapin.

Après un éclat de rire général, tout le monde fut à la

fois ravi et inquiet. Ravi parce qu'enfin, ils avaient une réponse à leur question essentielle : « restait-il des hommes sur cette planète ? », et inquiet parce que ce monde-là leur était étranger... Si un homme était venu, ça voulait dire qu'il en viendrait d'autres... Comment ces petits sauvages allaient- ils réagir à leur découverte ?

*

Quelques jours passèrent... Aucune autre alerte ne survint. C'est en allant à la chasse la semaine suivante que des membres d'équipage firent la première rencontre. Deux petits hommes les observaient du haut d'un éperon rocheux, prudemment, de loin. Les deux astronautes les remarquèrent assez vite car les deux indigènes ne se cachaient pas, ils restaient juste à l'écart, scrutant chaque geste de leur part. Les eloïmes firent comme si de rien n'était et continuèrent leur chasse. Ils abattirent une gazelle et entreprirent de la dépouiller sur place. C'est à ce moment que l'un d'eux eut une idée :

— Et si on les invitait au festin ?

— Bonne idée ! On va faire une grillade ou deux...

L'un sortit un briquet et se mit en devoir d'allumer quelques branches mortes tandis que l'autre enfilait dans la bête une longue baguette en guise de broche. Bientôt, un affriolant fumet de grillades embauma l'atmosphère à des lieues à la ronde. Les narines de nos deux observateurs s'en firent l'écho jusqu'à leurs cerveaux, et la tentation fut la plus forte...

Les chasseurs assis devant leur méchoui

commencèrent à manger, lorgnant du coin de l'œil ce qui se passait derrière eux. Les deux indigènes s'étaient approchés doucement et arrêtés à distance respectueuse. Évaluant sans doute le peu de chances qu'ils auraient eu à utiliser la manière forte contre ces deux géants, ils adoptèrent une autre tactique. Ils se mirent à gesticuler de manière expressive, l'un ouvrant la bouche et faisant semblant de mâcher, l'autre se frappant la poitrine comme pour dire « et moi, et moi ? ».

Les deux eloïmes sourirent. L'un se leva, trancha un morceau de cuissot et fit trois pas en direction des petits hommes. Le plus hardi des deux avança de quelques mètres tout en serrant très fort son épieu... L'éloïme posa le cuissot à terre sur une feuille de palmier et recula jusqu'à sa place près du feu. L'autre s'avança cette fois jusqu'à l'appât odorant et s'en empara. Voyant qu'il n'y avait plus de danger, son collègue le rejoignit et ils se partagèrent le butin goulûment avec des cris de joie.

— Voilà un gibier qui ne leur a pas donné beaucoup de difficulté ! Ça leur tombe tout rôti dans la bouche !

Après avoir mangé à leur tour, les deux eloïmes laissèrent sur place en s'en allant une carcasse encore bien charnue. Ils pourraient toujours en tirer une autre, ça n'était pas les gazelles qui manquaient dans le coin. Visiblement, c'était plutôt les instruments de chasse qui faisaient défaut aux autochtones. Les deux petits gourmands attendirent que les étrangers s'éloignent un peu et se jetèrent sur les restes, peau comprise, qu'ils emballèrent séparément dans de larges feuilles de palmier et emportèrent. La tribu serait bien étonnée ce jour-là d'une telle chasse miraculeuse où le gibier était déjà dépouillé, précuit, et emballé...

Quelques jours passèrent. Une nouvelle rencontre se produisit entre les eloïmes et les deux petits hommes déjà contactés. C'était exactement au même endroit. Cette fois, les deux petits « attendaient » en fait, nos deux chasseurs. Ils avaient apporté avec eux quelques légumes sauvages, des racines et des fruits, qu'ils avaient disposés sur des feuilles comme ils l'avaient vu faire des deux étrangers avec la viande rôtie. C'était visiblement un cadeau de bienvenue, ou pour le moins une proposition d'échanges. C'était courageux de leur part, car comme on pouvait s'en douter, la concurrence faisait rage entre tribus. Pour celle-ci comme pour les autres, la conquête du feu et du gibier représentait l'essentiel des périls. Dans le fond, ceux-là n'étaient pas bêtes. Ils s'étaient dit que s'attirer les bienfaits de ces étrangers ne pouvait pas nuire, au contraire. Ceux-ci n'avaient-ils pas montré leur générosité et leurs bonnes intentions ?

Bien qu'un peu effrayés encore, les petits hommes ne s'enfuirent pas ni ne montrèrent aucune hostilité lorsque les eloïmes s'approchèrent d'eux. L'un fit même signe en se montrant la poitrine :

— Ana Karim...

C'était probablement une façon de se présenter ? Mikhaïl, Commander qui accompagnait les chasseurs, prit la parole :

— Moi Mikhaïl ! dit-il en imitant l'autre de la main et se désignant lui-même.

Les petits s'enhardirent. Le plus grand s'approcha et touchant du doigt le torse de Mikhaïl, puis le sien : « inti, Mikhaïl, ana, Karim »

C'était bien cela. « Karim » était son nom, et il avait compris. Le dialogue n'alla pas beaucoup plus loin ce jour-là. On se contenta d'échanger les quelques présents contre une nouvelle gazelle, et chacun rentra dans son camp. Mais au fil des semaines, puis des mois, d'autres petits hommes plus nombreux chaque fois s'avançaient aux abords du périmètre de sécurité.

*

Il avait fallu déprogrammer les détonations des androïdes pour ne plus les effrayer. À la place, un léger sifflement prévenait tout de même nos naufragés de l'espace de toute approche impertinente et, très souvent maintenant mais sans crainte, les petits hommes venaient jusqu'à la palissade construite par les astronautes. Jamais ils ne pénétraient à l'intérieur, bien que l'envie en fasse briller leurs yeux quand la porte s'ouvrait. Heureusement, l'ordinateur de bord disposait en mémoire embarquée de toutes les langues terrestres encore connues au 3e millénaire. Malgré l'immense hégémonie de l'anglais pratiqué à la surface du globe, de nombreuses souches avaient été sauvées et des lexiques et des dictionnaires dressés. Le traducteur programmé en prévision d'une hypothétique rencontre intergalactique servit, au-delà de toute espérance et contre toute attente, à traduire un langage terrestre antédiluvien et bientôt chaque éloïme pouvait converser avec les petits hommes directement dans leur dialecte.

Ils étaient d'une tribu nomade qui venait de s'installer quelques lunes plus tôt sur les rives du Nil, ce qui expliquait qu'on ne les ait pas rencontrés auparavant. Ils disaient venir de plus haut, en amont du fleuve, des hauts plateaux d'Afrique. Oui, ils avaient déjà rencontré d'autres tribus, ils s'étaient même souvent battus avec d'autres petits hommes...

Oui c'était bien la première fois qu'ils en rencontraient d'aussi grands et avec d'aussi étranges pouvoirs... Même leur chaman ne pouvait s'enorgueillir de faciliter la chasse au point de tuer le gibier juste en le regardant de loin avec un bâton... Ces grands hommes-là avaient bien plus de pouvoirs magiques que leur chaman. Ils devaient venir du monde des dieux... C'est pour ça qu'ils les avaient approchés sans crainte et qu'ils espéraient s'en faire des alliés contre les autres tribus rivales... Même si certaines savaient l'allumer avec du silex, le feu était encore un butin recherché et les femmes souvent capturées comme prises de guerre. Tiens, en parlant de ça, les petits hommes avaient constaté que les eloïmes n'avaient qu'une seule femme avec eux... Comment peut-on vivre sans une ou deux femelles chacun dans sa case ? Qui fait les corvées et les enfants ?... N'y avait-il donc pas d'enfants chez les dieux ?...

*

La plupart du temps en léthargie artificielle au cours de leur pérégrination stellaire, les eloïmes n'avaient pas ressenti trop cruellement l'absence d'un équipage féminin. Le seul membre du beau sexe dans le groupe était le médecin, Marion. Relativement jeune à l'embarquement, elle était très jolie mais ses compagnons étaient trop respectueux de leur camarade, quasiment leur petite sœur, pour envisager une seule seconde une aventure avec elle. Quant à la question de procréation en cours de voyage, le projet initial n'en prévoyait pas la nécessité puisqu'ils étaient sensés revenir dans leur époque ou au pire quelques décennies plus tard, pas des milliers d'années avant ! La libido de ces voyageurs ne les avait pas vraiment préoccupés jusque là. Ni le temps ni l'envie. Question de priorités. L'aventure était trop prenante pour dépenser des calories inutilement. Mais maintenant, ils étaient devant un dilemme. Ils ne rentreraient plus dans leur époque, c'était quasiment certain, il allait falloir faire avec ces temps nouveaux pour eux. Leurs cerveaux fonctionnaient bien à tous, mais s'ils ne partaient pas d'ici, leurs forces viendraient un jour à faiblir... Encore quelques années dans ce monde sauvage, et il leur serait à jamais impossible de compter sur leur retraite d'astronautes pour vivre ! Il fallait faire quelque chose... La technologie de bord pouvait être alimentée par la turbine du fleuve, mais il leur fallait à tout prix construire une centrale plus importante pour au moins tenter de repartir...

— Et si on faisait travailler nos nouveaux amis ? demanda Raël...

— Les faire travailler ? Mais comment ? Ils ne connaissent même pas le sens de ce mot ! Te rends-tu compte du temps de formation nécessaire pour transformer ces gentils sauvages en techniciens ? Il leur faudra deux ou trois générations au moins ? On ne sait même pas combien de temps ils vivent !

— Quant à la formation, il faut voir... Pas besoin d'en faire des ingénieurs. Il ne m'apparaît pas trop compliqué sur le plan technique de réaliser une centrale solaire. C'est son dimensionnement qui conditionne sa production et c'est la surface d'échange importante qui nous arrêtait jusque là, compte-tenu du nombre de bras de l'équipage. Seuls, nous aurions privilégié une très haute technologie mais certains éléments nous manquent. Avec ces gens, ce serait différent... Avec leur aide nous pourrions développer une technologie solaire rustique, facile à mettre en œuvre même pour eux. Ils sont des centaines, peut-être des milliers ?...

S'ils voulaient nous servir d'ouvriers... Quant à leur âge limite, demandons le leur...

Les indigènes avaient une façon bien à eux de compter le temps. Ils comptaient les lunaisons, comme les indiens du Far-West dans les bandes dessinées que les eloïmes lisaient du temps de leur enfance. Il s'avéra que les plus vieux du groupe, les grands-pères, cumulaient un nombre de lunes équivalent à quatre fois dix mains de phalanges, autrement dit environ 480 cycles, ou un peu moins d'une quarantaine d'années. Mais vraiment pour les plus vénérables... Ce qui mettait la génération à 12 ou 15 ans environ.

— Bon sang ! Nous serions déjà tous morts à ce régime !

— Vrai, mais ils sont sacrément précoces, beaucoup plus que nous. Regarde ces filles, elles ont quoi ? Dix à douze ans ? et déjà enceintes jusqu'aux yeux ! Les hommes sont costauds, petits mais trapus et solides. Et l'union faisant la force, on pourrait leur faire bâtir des montagnes...

— Tu penses à quoi ? Une pyramide ?

— Ben oui, c'est encore la meilleure forme pour piéger d'énergie cosmique, non ? Une pyramide double, telle un énorme cristal orthorhombique, comme un diamant brut, avec une pointe en l'air et une pointe en bas, une partie enterrée pour filtrer les particules de haute énergie, conjuguée à une large partie hors sol pour capter l'énergie solaire...

— Ça peut se faire... ce n'est pas idiot mais il y en a pour des années ! Il va falloir les motiver !...

— Alors là, rien de plus simple. Ils nous prennent déjà pour des dieux, on va leur faire adorer le Soleil !

3

Le petit peuple du Nil avait fait de grands pas vers la lumière. Intronisé « Grand-Prêtre du soleil » par l'assemblée des chamans des tribus au regard des pouvoirs magiques qui dépassaient largement les leurs, Raël, l'ingénieur en chef de l'USS, avait pris les choses en main, et de belle manière. En moins d'une demi-génération indigène, une immense construction s'élevait sur le plateau, à quelques coudées de l'astronef toujours stationné là.

Dévoués à leurs dieux « descendus du ciel » comme ces derniers n'auraient jamais osé l'espérer, les petits hommes avaient rameuté plusieurs de leurs tribus cousines à grand renfort d'arguments divins et de confort de vie. L'équipage de l'USS ELOÏ s'occupait maintenant de gérer l'approvisionnement de cette forte communauté. Durant les premières années, ils avaient formé ce peuple à l'agriculture, à la prospection, à la métallurgie, et quantité d'autres industries jusque là inconnues de lui. Utilisant les crues du Nil et la formidable fertilité des limons répandus à chaque inondation, des potagers et des vergers avaient pris naissance dans ce coin de paradis perdu. Mais ça ne s'arrêtait pas là. Des prospections avaient été menées dans les montagnes proches et d'autres, plus éloignées. On avait découvert et extraits des quantités de minéraux, métaux et terres rares, et, la main-d'œuvre ne coûtant rien, on avait minutieusement organisé et réparti les tâches. Certaines paraissaient incohérentes et absurdes aux indigènes, comme ces petites pierres transparentes qu'on polissait et repolissait inlassablement pendant des mois. Le but de ce travail inlassable n'apparaissait pas évident aux yeux des petits hommes mais ils s'appliquaient pourtant à l'ouvrage avec beaucoup de bonne volonté, comme on le leur avait montré. D'autres, pierres noires extraites par tonnes celles-là, étaient directement brûlées dans d'énorme fours de briques qui dégageaient une fumée âcre à souhait mais permettaient de cuire des céramiques extrêmement fines dont les compositions étaient concoctées par les ingénieurs de l'ELOÏ. On y trouvait de la silice, des verres, des bitumes, et un tas d'éléments rares et dont les petits hommes ne connaîtraient jamais ni les noms ni l'usage. Ils obéissaient simplement aux directives du « Grand-Prêtre » Raël, utilisant parfois des instruments magiques pour peser les ingrédients ou réaliser les mélanges. C'était alors un grand honneur pour eux.

Chaque jour, à l'aube et au crépuscule, on priait solennellement le soleil de se montrer encore le lendemain, et les prévisions astronomiques de l'ordinateur de bord rendaient bien service pour prédire les éclipses. On avait aussi apporté des changements dans le mode de vie, dans l'habillement, dans l'hygiène... des pagnes de raphia remplaçaient l'été les trop lourdes peaux de bêtes et l'eau du Nil était détournée pour alimenter les champs, les cases en pisé avaient laissé la place à de véritables maisons de briques. Peu à peu, les petits peuples devinrent de véritables artisans, voire des experts en certaines techniques, et étaient complètement subjugués par la dévotion qu'ils vouaient au Dieu-Soleil et à ses représentants sur Terre. Leurs maîtres en profitaient parfois un peu plus que de raison, en invitant l'une ou l'autre des ferventes dévotes du genre féminin à les suivre jusqu'à leur couche. Ces dernières, très honorées de servir ainsi leurs dieux, ne se faisaient pas prier pour accomplir tous les désirs de leurs maîtres... Elles en tiraient à peu de frais quelques privilèges personnels souvent difficiles à faire accepter aux autres membres du clan.

Une véritable armée de milliers de ces petits hommes constituait maintenant la population des berges du Nil. La discipline régnait sans trop de difficulté. Les consciences étaient bien dirigées, et toutes les volontés tendues vers un seul but : la construction du Temple de la Lumière.

Celui-ci commençait à sortir du sol. La partie enterrée, pyramide à l'envers, avait été creusée dans le grès du plateau et la cavité ainsi réalisée fut remplie peu à peu, minutieusement, selon les plans de Raël, de couches successives de matériaux choisis, disposés ou mélangés spécialement pour les qualités piézo-électriques et filtrantes du produit final dans certaines plages d'énergie. Le mortier obtenu constituait une espèce de béton à prise rapide qui était coulé par blocs successifs se moulant les uns sur les autres avec une extrême fluidité. Dès que la coulée avait pris, on n'aurait plus passé une lame de couteau entre cette dernière et le bloc précédent. Des cavités et des couloirs de circulation avaient été réservés dans le plan, avec des systèmes d'obturation automatique très élaborés bien que nécessairement rustiques. Les mesures de la construction avaient été calculées pour respecter certaines longueurs d'ondes, en harmonie avec les caractéristiques cosmiques locales, mais ce détail passait largement au-dessus de la tête des indigènes.

Le chantier avança à grand pas. En une demi-douzaine d'années la pyramide extérieure fut élevée. Une année encore fut consacrée à son enduit, et deux autres au polissage de sa surface. Ça n'était pas trop pour obtenir la régularité impeccable de chaque pan. Puis on procéda à son recouvrement à la feuille d'or... Deux tonnes d'or furent ainsi nécessaires pour recouvrir les milliers de mètres carrés de sa surface extérieure. Elle ressemblait maintenant à un énorme diamant jaune posé sur le sable, diamant dont les facettes correspondaient à des angles précis de réflexion et de réfraction de la lumière.

La centrale était quasiment terminée, on allait maintenant pouvoir vérifier qu'elle fonctionnait...

Il semblait pourtant manquer un élément à cet ouvrage magistral : le sommet. Il y manquait la pointe finale de la pyramide, ce qu'on appelle le pyramidion. C'était voulu. On l'avait construit parallèlement, à part, non en béton comme le reste mais entièrement en métal, céramiques, et diverses pièces composites. L'extrême haute technicité de ce « chapeau » final était telle que seuls quelques spécialistes de l'ELOÏ avaient participé à sa réalisation. Les pauvres petits hommes du Nil n'y auraient rien compris, même sous des directives précises. Quand la grande pyramide fut enfin terminée, le programme de synchronisation ayant été respecté, le pyramidion était prêt lui aussi. Restait à le mettre à sa place au sommet du gigantesque monument sans abîmer les surfaces de ce dernier.

On procéda à l'élévation d'un échafaudage spécial doté d'une sorte d'ascenseur monté sur rails et mu par des cordages tirés par des centaines de petits hommes. Cette entreprise prit encore quelques mois avant que le pyramidion fut précisément en place.

Enfin, la centrale était théoriquement complète et opérative.

Le câble d'alimentation tendu entre la pointe du pyramidion et l'astronef qui attendait à côté depuis bientôt huit ans, on fit le premier test. L'indicateur montra immédiatement que les batteries ioniques commençaient à se recharger ! L'équipage de l'USS ELOÏ laissa exploser sa joie. Il pouvait tenter de repartir dans son époque !

*

L'USS ELOÏ était étincelant. On avait profité de ces dernières années de maintien forcé au sol pour remettre sa coque en état avec les moyens du bord. La main-d'œuvre ne manquant pas, on avait distrait quelques petits hommes pour polir encore et encore sa surface externe et faire un peu de ménage au dedans. Il brillait maintenant comme un sou neuf à l'intérieur comme à l'extérieur.

Les préparatifs du départ étaient terminés. L'heure était venue de dire adieu à cette époque et de tenter de retrouver la leur. L'équipage au complet avait rejoint son poste. La foule des petits hommes se pressait au pied d'une tribune dressée entre l'astronef et la pyramide. Le Grand-Prêtre s'adressa à ses fidèles :

« Fils de la Terre, nous allons partir... Je doute que nous revenions jamais... Voilà huit longues années que nous sommes venus chez vous mais il y a d'autres peuples, ailleurs, qui nous attendent... Vous nous avez bien reçus et nous voulions vous en remercier. Aussi, nous, dieux du ciel, en souvenir de notre alliance avec vos peuples, nous avons décidé vous

31

laisser en héritage le Temple de la Lumière et toutes les connaissances qu'il renferme... Vous avez appris avec nous l'agriculture, la métallurgie, la gestion des ressources naturelles et la production d'énergies diverses. Vous êtes maintenant un peuple adulte et vous pourrez désormais vous débrouiller sans nous, dans la paix. Vous avez encore beaucoup de chemin à faire avant de devenir comme nous, mais ça viendra, un jour, dans des centaines de générations. Nous voulions vous souhaiter bon courage et bonne route sur le chemin de la civilisation ! Nous avons confié un peu de notre savoir à certains d'entre vous, parmi votre collège de chamans. Qu'ils soient assez sages pour vous diriger dans la paix et la fraternité ! Adieu Fils de la Terre ! Nous emportons avec nous le souvenir d'un peuple généreux et fidèle. Soyez sûrs que vos enfants, et les enfants de vos enfants seront fiers de vous dans les siècles des siècles. »

Une grande tristesse s'étendit sur la masse des petits hommes qui écoutaient les paroles du Grand-Prêtre. Une impression d'abandon les envahit : des orphelins, voilà ce qu'ils allaient devenir...

Ils réalisèrent soudain que l'angoisse du lendemain était un sentiment nouveau pour eux. Jusque là, ils ne s'étaient jamais posé de questions de ce genre ! Avant ils vivaient au jour le jour, sans se préoccuper de leur avenir. La nature leur fournissait de quoi subsister de saison en saison, les enfants poussaient comme la mauvaise herbe, on mourrait à la fin et voilà tout ! Pourquoi se posaient-ils la question maintenant de ce qui se passerait dans l'avenir ?... Après leur mort ?... Que s'était-il donc passé qui expliquât ce changement ?... Et pourquoi leurs dieux, qui leur avaient tout apporté, les abandonnaient-ils « pour rentrer chez eux » ?... Ces dieux avaient changé leur vie. Ils auraient dû leur en être reconnaissants mais

32

c'est le contraire qui se produisit. Un sentiment de révolte s'empara soudain de la foule des fidèles. Des cris commencèrent à fuser, des protestations, un sourd grondement, une houle sembla animer la masse des auditeurs... Raël perçut bien la chose, comme une vague menaçante, un raz de marée qui se prépare... Il n'en comprenait pas la cause, ces gens avaient toujours été obéissants et disciplinés, ils lui avaient parus plutôt satisfaits des modifications apportées à leur mode de vie... Réalisant qu'il se trouvait seul au milieu d'eux, il descendit lentement de la tribune et recula prudemment jusqu'à l'astronef. La porte de la soute était posée au sol, l'escalier amovible à sa portée, il lui suffisait de parvenir jusque là sans attiser la colère du peuple...

« décontracté, songea-t-il... lentement... naturellement... surtout ne pas donner l'impression de fuir !... ».

Depuis la passerelle, Yahvel et les autres observaient la scène. Ils s'étaient rendus compte eux aussi du changement, imperceptible au début, puis de la vague montante de mécontentement qui déferlait sur le peuple ...

— Allumage des moteurs !... Vite !...

L'ordre avait été lâché presque par routine. Vieille habitude d'un capitaine sur un navire ? Sixième sens ? Allez savoir !

Les moteurs ioniques tournaient sans bruit. Seul un très léger sifflement faisait vibrer l'air autour de l'appareil.

— Lancez la procédure de décollage ! Attendez la dernière minute pour fermer la soute ! Laissons à Raël le temps d'arriver....

Raël n'était toujours pas à bord... Il n'avait guère plus que trente mètres à parcourir... Là-bas, la foule commençait à bouger... Visiblement, ils ne voulaient pas laisser partir leurs dieux...

L'air ionisé entourant l'appareil commença à se colorer. Il vira du translucide au blanc, puis du blanc au rouge, puis du rouge au vert...

La stupéfaction stoppa net la foule grondante sur les talons de Raël. Elle marqua une seconde d'hésitation devant ce nouveau prodige. Ce fut suffisant à Raël pour atteindre la soute. Il actionna aussitôt la fermeture et l'appareil décolla.

S'élevant sans bruit, à la verticale, comme un faucon du Nil, l'appareil se plaça au-dessus de la pyramide et tira à lui le pyramidion au bout de son câble. La soute se rouvrit, engloutit le cône et se referma. Cette ascension vers le ciel fascina les spectateurs médusés. Ils n'avaient jamais vu l'appareil en vol. C'était la première fois. Ce qu'ils avaient pris pendant huit ans pour un temple était un oiseau de métal qui prenait l'air devant eux !... En quelques dizaines de secondes, l'appareil passa du mode décollage au mode subsonique. Ils ne virent bientôt plus qu'un gros nuage cotonneux accompagné d'un faible sifflement, puis plus rien, un ciel vide... Comme un seul homme, ils s'étalèrent de tout leur long, face contre terre en direction du soleil...

*

— Pfffuii !... Quelle sortie ! J'ai bien cru ne jamais parvenir au sas !

— Oui, on a vu ça. Qu'est-ce qui les a pris ?

— Va savoir ! Nous étions LEURS dieux ! Ils n'avaient sans doute jamais pris conscience que nous allions vraiment partir un jour. Moi non plus d'ailleurs ! J'ai du mal à réaliser qu'on est vraiment en route pour la maison.

— Ouais, hum... Partis, c'est sûr, arrivés, c'est autre chose !... Timonier, cap sur Sirius. Engage !

*

Deux jeunes hommes sortirent de la forêt bordant le fleuve. Leur marche fut stoppée net en apercevant le monumental objet qui émergeait du plateau devant eux. La lumière du soir le colorait de rouge et son miroitement dans les eaux toutes proches irriguait le paysage d'un fleuve de sang.

— Regarde, Rahim ! Qu'est-ce que c'est à ton avis ? Une étoile tombée du ciel ?...

— Par tous les démons ! je ne sais pas, Rahan, mais ça fait mal aux yeux ! Allons voir ça de plus près...

S'avançant prudemment, protégeant de la main leur regard des rayons, les deux hommes parvinrent au pied de la montagne dorée. De près, elle éblouissait moins, ou était-ce que l'angle avait changé ?... Le soleil était couché maintenant.

— Mais qu'est-ce que c'est que ce truc ?

— Une montagne de lumière, on dirait...

— J'ai entendu les vieux de la tribu parler à propos d'une telle chose, mais je croyais à une histoire, je ne pensais pas que ça puisse exister vraiment...

— Et que disait cette histoire ?

— Oh !... des dieux seraient venus du ciel il y a très très longtemps... ils y seraient repartis après avoir fait travailler nos ancêtres comme des bêtes pour construire ça...

— Mais à quoi ça sert ?

— Aucune idée ! d'après la légende, il y aurait des choses à l'intérieur...Il faudrait peut-être regarder dedans ? Cherchons une porte...

Ils en firent le tour, cherchant un accès, sans résultat. Au bout de quelques tours, Rahim se fatigua.

— J'en ai marre, Rahan. Si ce truc n'a aucune porte sur aucun côté c'est que l'histoire est fausse, ce n'est pas creux... D'ailleurs, on va bien voir !

Saisissant une brique oubliée là quelques millénaires plus tôt par une tribu tout aussi abandonnée qu'elle, Rahim y colla l'oreille et frappa la paroi de la montagne dorée... Un son mat lui répondit.

— Tu vois bien ! C'est plein, je te dis... Sans intérêt ! Continuons notre chemin. On n'a rien chassé encore aujourd'hui. Nos femelles vont être folles de rage si on ne leur rapporte rien.

— Rien, rien... c'est vite dit ! rétorqua Rahan... Regarde ! Crois-tu que les femelles apprécieraient un collier fabriqué avec ça ?... Tu sais comme elles adorent tout ce qui brille !

Le choc avait égratigné l'épaisse pellicule d'or qui recouvrait la surface. Un large morceau de feuille s'en détachait.

— C'est une riche idée, Rahan ! faisons-en provision... tu as vu tout ce qu'il y a ?... Il faut garder le secret pour nous deux. Si on n'en dit rien à personne, on pourra attraper toutes les femelles qu'on veut avec ça ! On pourrait peut-être même en échanger contre un chameau ou deux ?...

— Ça se pourrait bien...

Une étincelle d'avidité s'alluma dans le regard des deux jeunes hommes...

4

De longs mois de léthargie avaient passé pour l'équipage avant que l'ELOÏ se retrouve dans la zone du trou noir qui l'avait dévié de son temps originel. Enfin, le vaisseau parvint aux frontières des étoiles de ces temps anciens. Il s'apprêta à plonger à nouveau dans l'aspirateur géant. Tous les calculs avaient été effectués des dizaines de fois, les analyses des systèmes avaient montré les effets inattendus de la déviance magnétique sur le temps, et une programmation correctrice avait été élaborée... Ce n'était qu'une hypothèse, bien sûr, et personne n'avait jamais pu en vérifier l'exactitude. Il ne l'avaient d'ailleurs pas encore vérifiée eux-mêmes puisque leur éjection dans le monde antédiluvien s'était produite malgré eux et dans le sens inverse. Du point de vue où ils se trouvaient maintenant, il s'agissait de remonter vers le futur !... Ils étaient néanmoins confiants en les calculs de leurs ingénieurs et espéraient bien retrouver leur 3ᵉ millénaire après J.C. au sortir de l'infernal tourbillon cosmique... Yahvel réunit ses compagnons sur la passerelle :

— Mes amis, tout comme vous et contrairement à ces pauvres petits hommes, je ne crois en aucun dieu, mais si vous voulez adresser une prière à quelqu'un, si tant est qu'il existe une puissance cosmique, je crois que c'est le moment ou jamais ! Bosco, vitesse luminique, cap sur le trou noir !

Leur première expérience de la chose était survenue alors qu'ils étaient en état léthargique. Capturés par l'attraction de l'invisible vortex, ils ne s'étaient réveillés que lorsque les sirènes avaient hurlé partout dans le vaisseau, et que des coups et des chocs sur la coque avaient bien failli les faire passer de vie à trépas quasiment pendant leur sommeil. Cette fois, c'était différent, les yeux grands ouverts, ils poussaient délibérément les portes de l'Enfer ...

Et ils furent servis !

Tout avait été soigneusement attaché aux parois ou au plancher. La pression devint de plus en plus sensible, les instruments de bord commencèrent à s'affoler, la coque à grincer sous les forces énormes qui s'exerçaient à l'extérieur. La coque semblait résister, pour l'instant...

Pour éviter l'écrasement, les programmes pré-calculés réagirent en augmentant la pressurisation interne, pour compenser au fur et à mesure, mais il y aurait forcément une limite à ce jeu. Le trou noir, lui, en aurait-il une ?...

Ils étaient tous allongés sur leur couchette respective, mais ne dormaient pas. Ils écoutaient la tempête qui se déclenchait au dehors. Leurs yeux exorbités, leurs joues enfoncées jusqu'à l'os témoignaient de la pression que subissaient chacun de leurs organes. Leur sang, par définition fluide incompressible, fut bientôt trop épais pour circuler

38

dans leurs veines, comprimées comme tout le reste de leurs corps. Leurs muscles pectoraux n'étaient pas entraînés pour compenser une telle pression et ils ne purent bientôt plus respirer... Un à un, ils tombèrent en syncope... Il ne resta que les androïdes pour veiller sur un équipage qui se croyait déjà mort...

Une foule d'images se pressa devant leurs yeux. Avec quels cerveaux prenaient-ils conscience de ces images ? Ils ne comprendraient jamais mais elles étaient là : leurs jeux d'enfants, leurs études, les visages de leurs petites amies, leurs vies sur Terre, leurs épouses et leurs enfants, tout se précipitait en un flux ininterrompu de souvenirs en vrac, comme si les images se télescopaient les unes les autres... Des sons, des voix d'anges, celles de leurs chers disparus, et même d'ancêtres qu'ils n'avaient jamais connus personnellement mais dont ils étaient sûrs qu'il s'agissait bien des leurs... Et cette lumière !... ce long tunnel en spirale et cette lumière là-bas au bout, tout au bout !...

Ça sembla durer une éternité... C'ÉTAIT peut-être l'éternité ?... Le vaisseau tenait toujours. La coque émit encore quelques craquements, puis, brusquement, le calme revint, la pression redescendit et le sang afflua à nouveau dans leurs crânes...

Le premier à se réveiller fut Mikhaïl. Quel mal de tête !... Il fit le tour des couchettes et s'assura que ses compagnons avaient encore un brin de vie. Un à un, ils reprenaient leur souffle, croyant avoir atteint le Paradis après la porte de l'Enfer. Mikhaïl vérifia les instruments. Ils avaient tenu bon et n'indiquaient que quelques avaries minimes. Il ralluma les écrans extérieurs ; un ciel calme et étoilé leur faisait face. Le trou noir les avait bien recrachés encore une fois.

Restait à savoir en quel temps et si leurs calculs

allaient s'avérer exacts...

— Pfiiiou ! Quelle traversée ! Moi qui raffolais des manèges de foire, j'ai ma dose pour le restant de mes jours !

— Oui ! Moi aussi !

— Tu peux dire pour nous tous, Mikhaïl. C'était une expérience inimaginable quand nous sommes partis, il y a quinze ans. En quel temps croyez-vous que nous sommes maintenant ?

— Deux secondes, je vous dis ça... Oh ! merde ! J'ai bien peur qu'on n'ait visé trop court !... Nous sommes exactement en l'an 33 500 avant J.C.

— Dommage ! Enfin, on est repartis dans le bon sens, c'est déjà ça, mais il va falloir réviser nos calculs pour la prochaine fois...

— Parce que tu crois qu'il y aura une prochaine fois Yahvel ?

— Je crains même qu'il n'y en ait plusieurs ! Je n'imagine pas qu'on puisse maîtriser le temps du premier coup ! C'est déjà inespéré d'avoir réussi. Parce, malgré les apparences, je considère cela comme une réussite ! J'espère seulement que les autres fois se passeront mieux, ou au moins pas plus mal que cette fois-ci... J'ai bien cru que c'était notre dernière heure !

Bon ! Puisqu'on sait en quelle époque on se trouve et où l'on est, pourquoi ne pas refaire un petit tour sur Terre, histoire de se réapprovisionner et voir un peu où en sont nos petits hommes ?

*

La première visite de l'USS ELOÏ fut bien sûr pour la pyramide qu'ils avaient construite quelques centaines de millénaires plus tôt.

C'était la nuit, l'air était calme au-dessus du Nil. L'arrivée du vaisseau se fit sans bruit et ne dérangea aucun flamand rose. Les hommes descendirent. Les crocodiles étaient toujours là, embusqués dans les joncs. Le fleuve majestueux roulait encore de grosses quantités d'eaux noires, on était pourtant en Février, la dernière crue avait dû être importante. Le cri d'un chacal se répercuta à la surface comme des ricochets. La lune était haute et paraissait énorme, elle avait dû se rapprocher depuis la dernière fois. Sur le plateau se découpait la silhouette caractéristique de la pyramide. Ils allumèrent un feu sur la plage, au bord du fleuve. Aucune autre lumière à l'horizon en dehors de celles des étoiles...

— Qu'on est bien ici ! fit Raël. Mais on dirait qu'il n'y a personne. C'est étrange, non ? Ont-ils abandonné l'électricité ou seraient-ils partis ailleurs ? Il est vrai qu'ils étaient nomades avant de nous rencontrer...

Mikhaïl éclata de rire :

— Drôle ! Très drôle ! Tu oublies simplement que si nous sommes toujours les mêmes, plus vieux seulement de quelques mois, eux sont morts et enterrés depuis plus de quatre cent mille ans !

— Ah oui c'est vrai ! Excusez du peu ! Je n'ai pas encore l'habitude d'enterrer mes amis aussi vite !... Heu... tant que j'y suis, je ne vous ai pas encore remerciés de m'avoir attendu la dernière fois. Eh bien, je vous le dis : MERCI ! Sinon je serais avec eux six pieds sous terre, moi aussi, ça fait bizarre de penser ça...

Pensif depuis le retour de Sirius, Yahvel ajouta :

— Oui, d'ailleurs, il va nous falloir considérer la chose d'un tout autre point de vue...

— Que veux-tu dire, Yahvel ?

— Eh bien, je pense en effet que notre situation particulière de voyageurs du temps nous amène quelques devoirs vis-à-vis de ces gens et même vis-à-vis de leur descendance, nous devons respecter un certain ordre des choses... J'ignore encore ce qu'ils sont devenus, s'ils ont évolué ou non, mais il est certain que notre intervention dans le passé ne peut pas avoir été sans conséquence. Selon le principe bien connu de « l'effet papillon » en météo, toute modification dans le passé, même infime, met en péril l'avenir, et donc notre propre existence ! Il va nous falloir faire beaucoup plus attention que la première fois dans les contacts que nous pourrons établir avec la population actuelle. Notamment à propos de la technologie. Il faut leur laisser le temps de la digérer. Nous n'aurions pas dû les laisser apprendre toutes les choses que nous leur avons enseignées. Dieu sait quel usage ils en auront fait ?...

— Mais nous avions besoin d'eux ! Il fallait bien les former...

— C'est vrai, mais soyons tout de même plus prudents la prochaine fois, s'il y en a une. Procédons autrement. Avec la technologie, il faudrait inculquer aussi « une certaine sagesse qui va avec », sinon, nous risquons de tout gâcher... De plus, notre comportement à leur égard a été plutôt égoïste, disons-le ! C'est très américain ça, dès qu'on n'a plus besoin de vous, on vous jette comme un vieux kleenex, on vous abandonne à votre sort... L'histoire nous a pourtant appris qu'il valait mieux ne pas profiter de la faiblesse des autres, ou ça se retourne un jour contre vous... Souvenez-vous du 11 Septembre 2001, la grande révolution des opprimés... Ceux qu'on a aimablement qualifiés de « terroristes », parce qu'ils nous ont terrorisés en effet... Ils n'ont pas tapé au hasard quand ils ont visé les Twins Towers, le temple du fric et de la spéculation mondiale à l'époque, centre de profits éhontés réalisés au détriment des pays pauvres et de toute la misère du monde... Ces terroristes, ces kamikazes qui se faisaient péter avec leurs bombes, c'est nous qui avions fabriqué leur désespoir ! Par pur égoïsme ! Nous ne nous sommes rendus compte de cette réalité que des années plus tard, quand l'ex-Président Bush Junior fut assassiné par un de ces désespérés du tiers-monde et que l'Amérique elle-même a commencé de décliner économiquement. Pour redresser notre situation il nous a fallu alors tout le soutien de l'Europe, Europe dont nous ne voulions pourtant pas entendre parler au début et que nous avions tout fait pour saper. Il nous a bien fallu réviser un peu notre morgue !...

— C'est vrai. D'ailleurs, je n'aurais jamais pu devenir astronaute il y a trois cent ans. La situation était trop difficile. Heureusement que la solidarité mondiale toute nouvelle a joué à plein. Ce début de 3e millénaire fut un grand siècle sur le plan philosophique. Et comme toujours en philosophie, ce fut d'ailleurs la France qui montra l'exemple...

— Bon, assez bavardé pour ce soir. Si on profitait de cette nuit magnifique pour dormir « à la belle étoile » comme on disait alors ?

*

Le jour les surprit dans le sable chaud, enroulés dans leur combinaison de vol. La nuit avait été plus fraîche, sur le matin. À son habitude, Mikhaïl s'étira le premier. Il jeta immédiatement un coup d'œil circulaire aux alentours.

— Putain ! la pyramide ! regardez-moi ça !...

Les autres sursautèrent. Leur mine vira au vert dès qu'ils suivirent le regard de Mikhaïl : la pyramide était dans un état désastreux. La couche d'or qui la recouvrait quatre cent mille ans plus tôt n'existait plus. Arrachée visiblement, avec l'enduit de surface. La pluie tropicale et le vent avaient achevé la détérioration de l'ouvrage. Seul restait un énorme monticule de pierres informes, érodées et branlantes...

— Putain ! Elle est inexploitable comme ça ! Quels cons ! Mais pourquoi ont-ils fait ça ?

— Pourquoi ? Tu le demandes ? Mais pour l'or, mon vieux, pour l'or ! Ça n'est probablement pas eux d'ailleurs mais quelques-uns de leurs lointains descendants... Et dépourvue de sa couche protectrice, le reste a suivi au fil des intempéries...

— Merde ! merde ! merde ! qu'est-ce qu'on fout ici maintenant ? On n'est pas plus avancés qu'en arrivant la première fois... Il va falloir tout recommencer ?

— Tout, peut-être pas, mais reconstituer la surface, oui. Il faut trouver la solution, et rapidement, pour qu'elle fonctionne à nouveau. Où va-t-on trouver deux tonnes d'or en cette époque ? Il semblerait que ce soit devenu une matière très recherchée... Ce que je disais hier soir me semble plus justifié que jamais. Il va falloir non seulement rééduquer ces sauvages, mais encore leur laisser des guides ! Heureusement, cette fois nous ne sommes plus en panne sèche, il nous reste de quoi faire de nombreux tours de planète et il y a un autre moyen... On va pouvoir choisir un meilleur endroit pour reprendre les choses à zéro. Les amis, nous ne sommes pas encore rentrés chez nous !... Réfléchissons !... Mikhaïl, quel endroit de cette planète aurais-tu choisi pour refaire le plein d'énergie ionique si nous n'avions pas étés contraints de nous poser ici la première fois ?

— Un Pôle, bien sûr, le pôle nord de préférence à cause du rayonnement cosmique qui provoque les aurores boréales...

— Exact ! Et étant donné que la glaciation Wurm est bientôt terminée, la calotte glaciaire devrait avoir sérieusement reculé. Nous allons donc partir pour l'Arctique. On y trouvera bien un lieu pas trop inhospitalier pour installer une base... Je sais, c'est plus froid qu'ici, mais il faut savoir ce qu'on veut !

— Va pour le pôle Nord !... Il paraît que dans les temps anciens y habitait un drôle de bonhomme en bonnet rouge... Qui sait ? Il nous aidera peut-être ? plaisanta Gabriel.

— Je n'y ai jamais cru ! Et de plus, je crains bien qu'il ne soit pas encore né !

5

Le nouveau campement avait été établi sur une zone assez dégagée d'une grande île volcanique sur le cercle arctique, très proche du pôle mais hors de la calotte glaciaire elle- même. Le fort réchauffement survenu depuis leur précédent voyage avait fait fondre les glaces jusqu'à de hautes latitudes et découvert cette île boréale. On avait préféré un peu moins de rayonnement cosmique mais davantage de stabilité quant à la position astronomique. Il était important en effet que la visée des appareils ne soit pas toujours en train de changer comme c'eut été le cas sur des glaces dérivantes. L'endroit offrait par ailleurs les avantages d'un confort relatif puisque des forêts de bouleaux couvraient une bonne partie de l'île et des sources d'eaux chaudes y jaillissaient sous forme de geysers qui creusaient en retombant des cuvettes d'eaux chaudes diversement minéralisées. Ces marmites formaient naturellement des jacuzzis inespérés sous ces latitudes, offrant au délassement des astronautes une eau bouillonnante et bourrée de sels minéraux de toutes sortes. De plus, du fait de l'activité volcanique, quantités de minerais rares étaient disponibles dans un rayon restreint. C'était un endroit idéal.

On nomma ce lieu Hyperborée à cause des magnifiques aurores boréales qu'on y pouvait voir. Pour le reste, ça ne valait pas les bords du Nil. Pas de crocodiles, pas de flamands roses ni gazelles, un soleil pâlot, seulement des glaciers, du poisson et des rongeurs, mais on ferait avec, après tout, un beau saumon ou un lièvre des neiges en civet n'ont jamais fait de mal à personne... Aucun habitant ne semblait avoir jamais établi son foyer en ces lieux. Pas plus que sur le reste de l'île d'après ce qu'en avaient vu les eloïmes.

— Au moins ici, on ne sera pas dérangés !

— Ouais, bof, ce n'est pas que le paysage manque de charme, mais ce n'est pas franchement le paradis ! Trop froid pour moi. J'en toucherai un mot à ma femme quand on reviendra, elle qui est un vrai petit glaçon...

— Bah ! quand on reviendra, si on revient, le climat aura changé tu sais... Les dix degrés pris entre les 19e et 21e siècles auront considérablement amélioré le climat de cette île mais au moins celle-ci n'aura pas disparu sous les eaux contrairement aux Bahamas ou aux Maldives à notre époque !... Tiens ! tu devrais peut-être même faire tout de suite une réservation ? plaisanta Raël.

— Bonne idée, fais-moi penser à noter le nom de l'endroit ! renchérit Mikhaïl.

Profitant d'une vaste caverne, ancienne bouche de volcan apparemment inactive depuis quelques siècles au moins, les eloïmes y avaient installé leur camp de base, et leur matériel, descendu ou démonté de l'astronef, permettait de capter directement le rayonnement cosmique en provenance de l'espace, beaucoup plus disponible ici que sous les tropiques. Le chargement d'énergie lui-même serait peut-être un peu plus long qu'avec la pyramide mais on gagnerait tout de même les huit années de construction, d'autant qu'il ne fallait plus compter avec une quelconque main d'œuvre extérieure. On installa donc Hyperborée pour une probable longue durée. Du moins, c'est ce qu'on croyait, et les eloïmes se mirent au travail...

C'est au début du printemps, plusieurs mois plus tard, que leur première surprise arriva par la mer. Une flottille de canoës de peaux débarqua sur la plage voisine un troupeau de boules de poils qu'on supposa être des esquimaux. Une trentaine d'individus, pas bien grands non plus mais dépassant tout de même largement les petits hommes de l'autre temps, un mètre soixante en moyenne, guère plus. Les sourcils broussailleux d'un front bas couvert de glace étaient les seuls éléments qu'on pouvait voir sortir des grandes parkas de fourrure. Les hommes halèrent sur la plage le produit de leur chasse : une baleine franche ! Ça devait être une prise exceptionnelle car ils paraissaient très excités et se mirent immédiatement en devoir de dépecer l'animal pour s'en partager sur place les meilleurs morceaux, qu'ils dévorèrent à belles dents, tous crus. S'ils connaissaient le feu, ils l'ignoraient visiblement en cuisine, et c'était surtout celui des volcans qu'ils considéraient comme l'émanation de divinités souterraines à qui ils ne manquaient jamais de rendre hommage. Le cratère d'un volcan était donc un lieu sacré pour eux. Quelle ne fut pas leur colère lorsqu'ils virent d'autres êtres, grands, blancs et noirs mais surtout étrangers, profaner l'entrée des bouches de l'Enfer !...

Harpons levés, ils se jetèrent en vociférant sur les deux malheureux androïdes qui vaquaient à des tâches domestiques, allant et venant de l'astronef couvert de neige à la grotte aux eaux fumantes. Se croyant seuls sur cette île, on n'avait pas jugé nécessaire de les mettre en mode surveillance, ils étaient plus utiles en manutentionnaires. Sous le choc inattendu, les robots perdirent l'équilibre et restèrent à terre comme deux boxeurs knock-out. Une pluie de harpons s'abattit sur eux, déchirant en maints endroits leur pellicule plastique extérieure... Quel désappointement (surtout pour les harpons) lorsque les pointes d'os de phoque s'émoussèrent sur le métal dur rencontré sous la peau artificielle !... Ils n'avaient jamais vu cela ! Des êtres de métal ! Eux qui ne connaissaient pas le métal !... Pourquoi ne saignait-il pas, cet être étrange ? Un autre serait mort dix fois ! Au lieu de ça, celui-ci clignait des yeux rouges et sifflait à n'en plus finir !...

Un chasseur plus hardi que les autres arracha un grand pan du plastique déchiré sous l'attaque, quitta son énorme moufle en peau d'ours et posa la main dans la plaie pour arracher le cœur de cet être bizarre... Mal lui en prit ! la seconde suivante il hurla de douleur sous la brûlure du froid et ne pouvait plus décoller sa main du métal !... Les autres le regardaient et ne savaient quoi faire...

Mikhaïl, averti par le sifflement qu'il se passait quelque chose d'anormal, sortit la tête de la marmite où il se baignait à l'entrée de la grotte volcanique. Les attaquants n'avaient pas deviné sa présence. De son point de vue, il jaugea la situation plus burlesque que dangereuse, mais comprit aussi que ces gaillards là n'étaient pas spécialement des tendres... Il fallait les impressionner... Il réfléchit quelques secondes puis, muni d'une trousse de secours, d'un récipient d'eau chaude, et d'un fusil à protons (au cas où...), il sortit tout nu !

L'apparition d'un homme nu et sans poils sous cette latitude, sorti de nulle part sinon du volcan lui-même, prit les esquimaux à l'estomac. Même ceux qui n'avaient pas la main prise sur le métal glacé restèrent figés sur place... Mikhaïl s'approcha tranquillement du groupe et versa le contenu de sa casserole sur la main du malheureux. Le métal du robot se réchauffa suffisamment et la main se décolla sans peine. Elle était néanmoins brûlée au troisième degré et l'épiderme boursouflé partait en lambeaux.

Sortant alors de la trousse d'urgence une pommade du 3ᵉ millénaire, sans dire un mot, il en étala sur la paume sensible. Puis il rangea son matériel, replia tranquillement sa trousse, remit les robots sur pied, et s'en retourna comme si de rien n'était se replonger dans sa marmite fumante !...

49

Les autres étaient ébahis ! Ils n'en revenaient pas qu'un être vivant dans les volcans leur ait fait la grâce de sortir de sa marmite fumante pour venir délivrer et soigner un pauvre humain, leur meilleur chasseur qui plus est, le plus courageux d'entre eux !... Ce jour était étrange, béni des dieux ! D'abord la belle prise, ensuite ces êtres qui non seulement ne saignent pas quand on les tue mais se redressent après, puis cette intervention divine d'un *daïmon* souterrain !... Ils se prosternèrent, se répandirent en supplications, de loin toutefois, sans oser approcher de l'entrée caverneuse...

Les autres membres de l'équipage étaient encore dans le fond de la caverne lorsque l'incident était arrivé, mais Mikhaïl avait si rapidement fait face à la situation, et de telle manière qu'eux aussi en étaient restés sidérés... Ils pleuraient maintenant de rire ! Mikhaïl aussi.

Les esquimaux, voyant d'autres daïmons sortir de la bouche du volcan, firent un pas en arrière. Ils s'apprêtaient à fuir lorsque Yahvel s'avança brancha son traducteur et leur parla, fort et clair mais sur un ton très doux. Rassérénés, les chasseurs avancèrent de quelques pas, mais ils hésitaient toujours à franchir une invisible ligne qui marquait pour eux la limite d'un sol sacré... Yahvel insista en les invitant du geste à entrer dans la caverne. Le ton rassurant de son discours finit par les persuader, et ils se résolurent à monter jusque là. Après tout, ces *daïmons* ne semblaient être que des humains un peu plus grands qu'eux, et des humains pacifiques... Arrivés à l'entrée, ils déposèrent leurs harpons sur le sol et décrochant les longs lambeaux de chair découpés dans la baleine qu'ils portaient autour de la taille, ils les déposèrent en présents. Pour faire honneur à ce cadeau digne des dieux, il fallait manger,

c'était clair !... Manger de la viande de baleine...
crue !... Pouah !

Nos eloïmes se résolurent à l'expérience et,
s'emparant chacun d'un morceau, ils plantèrent les
dents dans la chair sanguinolente. Bientôt ils étaient
couverts de sang. Ravis, car c'était un met excellent,
mais dégoulinants d'hémoglobine de la tête aux
pieds...

— Eh bien ! dit Mikhaïl, il ne vous reste plus qu'à
faire comme moi, prendre un bain !

— Allons, tant pis ! En effet, c'est ce qu'on a de
mieux à faire maintenant !

Et tous de quitter leur combinaison fourrée pour
plonger nus dans la grande marmite où se pâmait déjà
de plaisir leur camarade.

C'est alors que survint la seconde surprise de la
journée :

Les esquimaux, voyant le plaisir que prenaient ces
« hommes des cavernes » à se plonger dans l'eau
chaude, décidèrent d'en faire autant. En un
tournemain, ils avaient quitté leurs peaux d'ours et,
nus, mettaient timidement un pied dans l'eau
fumante... C'est là qu'on s'aperçut que tous ces
chasseurs n'étaient pas que des hommes ! Il y avait là
la tribu entière, sauf les enfants, trop petits sans
doute pour naviguer dans une trop dangereuse chasse
à la baleine et qui devaient être restés à la garde de
quelques aïeules... On comptait à peu près autant de
femmes que d'hommes dans la troupe, et pour dire
vrai, si les hommes étaient trapus et très velus, ces
femmes étaient rondes, elles aussi poilues comme des
portugaises, mais bien plus belles que ce qu'on aurait
pu en soupçonner sous leurs épaisses fourrures...

L'équipage entier, privé de relations féminines depuis si longtemps, sentit monter en lui un trouble irrésistible, et la tenue légère en laquelle ils se tenaient ne cachait rien de cette humeur coquine... Les esquimaux mâles le remarquèrent rapidement... Ils éclatèrent de rire à leur tour ! Puis, parlant à leurs femmes respectives, ils leurs firent apparemment comprendre quelque chose qui surprit grandement les eloïmes : les femmes s'approchèrent chacune d'un homme d'équipage et commencèrent à jouer avec lui... Pas besoin de langage ! On se comprit pleinement par gestes. Les chasseurs hommes riaient toujours, heureux de faire ce cadeau à leurs hôtes... La marmite devint vraiment de plus en plus chaude !...

— Dites donc, les amis... le Paradis n'est pas toujours tel qu'on l'imagine !

6

Les eloïmes furent en fin de compte très heureux d'avoir rencontré les esquimaux, et encore plus, disons-le franchement, leurs femmes. Ces beautés habituées au froid se révélèrent en réalité très chaudes et cet échange, renouvelé assez fréquemment, leur facilita grandement l'apprentissage de la langue esquimaude. Ça leur facilita également la vie quotidienne puisque la tribu entière vint s'installer sur l'île pendant la saison chaude, et leur pêche comme leur chasse agrémentèrent notablement les menus de nos voyageurs du temps. Ils apprirent ainsi à apprécier l'infinie variété des saveurs des poissons crus, de crustacés inconnus, la tendreté de la viande d'ours ou la forte odeur de celle des bœufs musqués... On mésestime généralement les ressources incroyables que les continents froids réservent à leurs résidents.

Ils apprirent également que ces gens étaient de grands voyageurs, l'hiver en traîneau sur la banquise, l'été en canoë-kayak dès que la débâcle laissait la place aux eaux libres. Ils étaient également d'assez bons artistes, gravant durant les longues soirées d'hiver dans l'igloo leurs outils d'os de narval ou de baleine. Ils apprirent encore que, l'emprise de la calotte polaire ayant énormément reculé depuis quatre cent mille ans, d'autres peuples au-delà de la banquise avaient élu domicile dans les fjords dégagés par les glaces et naviguaient sur de longs bateaux de bois... Les esquimaux en avaient aperçus maintes fois...

Les esquimaux eux aussi avaient leur chaman. Il s'appelait Thor et ne se séparait jamais d'un énorme marteau qui lui servait autant de massue que de bâton de pouvoir. C'était un homme exceptionnel d'une bonne trentaine d'années sans doute, qui prétendait lire l'avenir dans les rêves et n'hésitait pas, pour vous lire les vôtres, à sortir de la besace qui ne le quittait pas un petit paquet d'osselets gravés et soigneusement enveloppés dans une fine peau de phoque. Il les jetait devant lui et selon la position où ils se trouvaient, votre rêve prenait une signification ou une autre. À en croire ses compagnons il ne se trompait jamais. Les eloïmes sourirent devant cette prétention. Il leur expliqua donc, en guise de démonstration, celui qu'ils avaient fait en commun lors de leur passage dans le trou noir : « bien sûr il ne comprenait pas ce qu'était un trou noir au sens astronomique, pourtant, il leur déclara résolument qu'ils avaient une chance extraordinaire car « ils étaient revenus du royaume des morts » !... En quoi il ne se trompait pas de beaucoup. Ce fait, incontestable pour lui, faisait d'eux des égaux des *daïmons* et justifiait assurément qu'on les vénère comme tels.

Marion trouva tout de suite sympathique ce drôle de bonhomme. Elle éprouva pourtant un sentiment bizarre, une sensation inconnue lorsqu'il lui prit la main pour en étudier la paume. Un frisson lui parcourut l'échine sans qu'elle parvienne à en définir la cause. Le personnage l'indisposait-il ?... Non, c'était plutôt une stimulation de ses sens... Étrange !... Elle s'arracha à cette impression en remettant sa main dans sa poche.

Thor était par ailleurs extrêmement impressionné par la technologie des eloïmes qu'il découvrait au fil de leur fréquentation car c'était un homme sage qui avait pleine conscience de sa grande ignorance. C'était là probablement le ressort principal qui lui faisait porter ce jugement définitif à leur sujet, soit par conviction profonde de leur nature divine, soit par intérêt pour leur savoir-faire. Intelligent et avide de savoir, on disait de lui qu'il aurait été capable de donner un œil pour puiser dans la connaissance des dieux. Et pour lui, les visiteurs en étaient !

En tout état de cause, cette franche admiration du chaman envers les eloïmes facilita largement leurs relations quotidiennes avec les esquimaux. Les gens de ce peuple étaient attentifs et joueurs comme des enfants curieux, mais aussi courageux, honnêtes et généreux, formant une fraternité sur qui chaque membre pouvait compter. La vie dans les zones arctiques est trop rude pour autoriser le moindre égoïsme ni la moindre lâcheté. Yahvel décida de les initier un minimum aux réalités du monde. Jusque là, c'était plutôt l'inverse qui s'était produit ici. Il était temps que ça change et l'on pouvait difficilement trouver mieux pour expérimenter... En plusieurs mois d'aurores boréales, les batteries ioniques avaient été entièrement rechargées, la croûte de glace qui avait recouvert l'astronef durant l'hiver avait fini de fondre, et l'appareil brillait maintenant comme un miroir sous le soleil blafard de l'été semestriel. Il fut décidé de les emmener faire un tour de l'île, peut-être un peu plus, s'ils étaient sages.

Un matin théorique de cet été boréal qui n'en comporte pas, l'astronef décolla donc avec à son bord quelques esquimaux et leur chaman Thor. Dès le décollage, les courageux chasseurs prirent peur et commencèrent à s'affoler, ne sachant plus à quel siège se raccrocher. Thor de son côté demeurait debout, planté au milieu de la passerelle, imperturbable, comme si le voyage dans les airs lui était familier. Il resta de glace, si l'on peut dire, lorsque l'appareil s'inclina pour mettre cap à l'Est et commença à prendre de la vitesse. Il est vrai que la vitesse ne se ressentait pas dans le confortable habitacle pressurisé, tout juste l'impression légèrement euphorique de flottement qu'on ressentait dans un ascenseur moderne pour ceux qui avaient connu ce monde, mais pour un chasseur du néolithique c'était quand même un peu sidérant. Pour Thor, pas du tout ! Il expliqua « qu'il éprouvait couramment cette sensation lorsqu'il décollait pour l'autre monde au cours de ses rêves », mais que c'était la première fois qu'il ressentait ça avec son corps physique, et qu'il trouvait plutôt cela amusant...

— Pour l'autre monde, Thor ? s'étonna Yahvel. Mais quel autre monde ?...

— Le monde des morts, Yahvel, le monde des esprits... Là où l'âme s'en va après le grand passage...

— Et tu connais ce monde là, toi ? Tu y es allé ? Insista Yahvel.

— Bien sûr, j'y vais très souvent, presque chaque nuit. J'y rencontre les ancêtres, je leur pose des questions sur les problèmes qui me préoccupent. Ils me donnent souvent des réponses ou me prédisent des choses. Je savais par exemple que vous alliez venir. Enfin, non... je savais qu'allaient venir du ciel des étrangers puissants, mais je ne savais pas que ce serait vous avant de vous rencontrer sur cette île où nous ne venions qu'une fois l'an... Je peux bien le dire aussi, je sais même que je serai reconnu comme un dieu par les hommes futurs, tout comme vous. Je ne sais pas encore ni pourquoi ni comment. J'attends. Quand s'accompliront les choses, je saurai alors...

— Eh bien ! au moins, en voilà un qui ne manque ni d'assurance ni de modestie ! plaisanta Raël.

— Tu as tort de te moquer Raël, car toi aussi, tu seras adoré comme un dieu. Je l'ai lu dans les runes. Tu seras même le prototype de toute une lignée de rois-dieux dans un pays lointain où tu es déjà allé !

— Un pays lointain où je serais déjà allé ? Mais en quel pays, dis-moi ?

— J'ignore son nom, je peux juste dire que c'est un pays où vous êtes allés toi et les tiens il y a de très nombreuses générations, mais j'avoue que je ne comprends rien, le nombre en est trop important, il faudrait que vous soyez immortels et vous ne l'êtes pas !... Je sais cela aussi...

Raël et Yahvel se regardèrent, atterrés... Ils n'avaient jamais parlé de cela ! Marion sourit. Ce type était vraiment surprenant.

— C'est exact, Thor, nous ne sommes pas immortels, mais pourtant, nous y étions. Tu ne pourrais pas comprendre...

— Eh bien, vous y retournerez... Vous ne pourrez pas rentrer chez vous avant d'y être retournés...

— Comment sais-tu tout cela ? Ce sont tes fameux ancêtres qui te l'ont dit ?

— Bien sûr ! Comment veux-tu que je le sache autrement ? Dans les runes, je ne sais deviner que les choses ordinaires, et vous, vous êtes extraordinaires... Oh ! Regardez !... un bateau comme celui dont nous parlions l'autre jour !

Thor avait sauté du coq à l'âne, mettant un terme à une conversation visiblement hors des références des astronautes. Effectivement, l'écran affichait une longue barque bardée d'une rangée de rames sur chaque bord qui fendait la mer libre à quelques mille pieds au-dessous d'eux. On pouvait apercevoir dessus quelques hommes chevelus et barbus, des vikings qui levaient le nez en l'air, intrigués du passage de ce curieux nuage filant en plein ciel clair poussé par un vent contraire dont l'origine leur échappait... L'ionisation de l'air autour de l'appareil empêchait en effet d'en voir les structures et, par temps couvert, les spectateurs extérieurs n'auraient pu distinguer ce nuage anodin parmi d'autres cumulus ordinaires. Seuls les appareils de bord perçaient la nuée environnante pour les passagers.

Yahvel revint à la conversation antérieure :

— Mais enfin, Thor, comment peux-tu être sûr que tout cela soit vrai ? N'est-ce pas une illusion onirique, une fantaisie de ton cerveau au repos ?

— Ah non ! il m'arrive aussi comme à tout le monde de rêver de choses incohérentes, des rêves ordinaires et sans intérêt évident. Ce n'est pas la même chose ! En cherchant bien on y trouve aussi des indications, mais ce dont je vous parle là c'est très différent et parfaitement net. Je m'envole, je quitte mon corps aussi réellement que nous avons quitté l'île tout à l'heure et je retrouve, en un lieu que je ne saurais situer, les ancêtres qui me parlent. Je les vois et je les entends comme je vous vois et vous entends là. Ils sont habillés de peaux tannées comme celles qu'on porte en été, car l'endroit est très agréable et chaud. J'ai d'ailleurs toujours un peu de mal à revenir à mon corps dans le froid...

— Mais il serait où, ce pays si charmant ?

— Je l'ignore. Moi je n'y suis toujours allé qu'en esprit... Il n'y a pas de chemin marqué dans la neige pour s'y rendre, pas de piste sur la toundra... Je m'envole, j'y pense, et j'y suis dans l'instant... Mais maintenant que vous êtes là, j'aimerais bien y aller dans votre bateau volant...

— Je suis désolé de te décevoir, Thor, mais nous ignorons de quel pays du parles... Nous non plus n'avons aucune carte pour nous y rendre !...

— Pourtant, vous y êtes allés, au pays des morts !... Et vous en êtes revenus !

— Ce n'est pas pareil ! ça n'est pas un pays... Et puis c'est tellement loin et dangereux...

— Dangereux ? Mais non, pas du tout. J'y vais si souvent, je peux vous dire que ça n'est pas dangereux. Il faut seulement être une âme juste, et je vois bien dans votre aura que c'est votre cas...

— Dans notre aura ? Qu'est-ce que c'est ?

— L'aura, intervint Marion, je connais. C'est une chose assez difficile à concevoir pour la pensée purement technologique du 3e millénaire dont nous venons... Une tradition très ancienne la définit comme une émanation cotonneuse plus ou moins floue autour du corps des êtres vivants, une sorte d'enveloppe électromagnétique extérieure, visible uniquement sous certaines conditions. À la fin du XXe siècle, de rares recherches médicales furent menées à ce sujet, car l'aura était sensée montrer des couleurs différentes selon que les patients présentaient une faiblesse organique ou une autre... Cela permettait, toujours selon la tradition, d'effectuer un diagnostic entièrement visuel, un genre de scanner sans scanner, et de renflouer l'énergie vitale des organes malades sans aucune ingérence chimique ou biologique... Mais cette recherche a été très vite abandonnée, trop vite sans doute, car on n'a jamais réussi à définir ce que pourrait bien être cette "énergie vitale" et trop d'intérêts pharmacologiques étaient en jeu... Pour ma part, je le regrette. Je suis sûre qu'il s'agissait d'une piste intéressante...

— Mais ce n'est pas ce dont nous parle notre ami ! souligna Yahvel, en anglais pour ne pas heurter la sensibilité du chaman. Il nous dit qu'il y voit l'état moral des individus, pas leur état de santé...

— Ce n'est pas loin d'être la même chose, répondit Marion sur le même mode confidentiel. Nombre de maladies psychosomatiques produisent des effets physiques bien réels, des lésions et des stigmates entre autres, qu'on n'a jamais pu expliquer et qui sont probablement dues à la santé mentale des individus, à une angoisse inavouée, à un dérangement ou un déséquilibre provisoire ou permanent de la personnalité, laquelle conditionne souvent leur conception morale des choses... Les travaux de Freud et Lacan, au tout début du 20ᵉ siècle justement, mirent en évidence certaines relations de cause à effet. Et ces gens travaillaient sur les rêves !... Les limites du mental et du moral se superposent souvent, notamment en matière de criminalité : avoir « le » moral et avoir « une » morale sont des acceptions fort différentes mais qui pourtant se conditionnent nettement l'une l'autre selon la situation sociale du sujet... tout ça est très flou... Un criminel est souvent a-moral et les actes qu'il commet ne sont pas toujours le résultat d'une volonté délibérée... Prenez les tueurs en série, détestables pour la société : sans les excuser, peut-on les considérer comme des gens mentalement « normaux » ?... À l'évidence non ! Ce ne sont pourtant pas des malades sur le plan biologique ni encore moins sur le plan de l'intellect car ils sont souvent très intelligents. Ils n'en commettent pas moins des choses horribles sans raison apparente pour nous... Avec la psychanalyse il y eut parfois de si bons résultats que la méthode fit rapidement des émules. À cette époque tous les américains qui voulaient être à la mode allaient se faire psychanalyser. Puis il y eut par la suite tellement de dérives que cette discipline, un temps enseignée dans les universités, fut abandonnée au profit de solutions chimiques sous la poussée des lobbies pharmaceutiques. Le plus étrange de cette affaire fut que nombre de leurs médicaments ne fonctionnaient que par l'effet placebo, preuve que l'esprit agit sur la matière aussi bien dans un sens que dans l'autre... Depuis, la technologie toujours plus performante a permis de résoudre autrement un tas de dysfonctionnements génétiques mais toujours pas les dysfonctionnements mentaux dont on se contente bien souvent d'atténuer les symptômes. En tant que médecin, la conversation de Thor m'intéresse au plus haut point.

— Intéressant, en effet !

— Plus que tu ne crois ! Car il ne nous faut pas oublier que la plupart des médicaments fabriqués à notre époque sont bien souvent tirés de médications à base de plantes, et dites empiriques car apprises des derniers chamans du second millénaire ! C'est ce qui nous a poussés entre autres choses à protéger enfin les ressources naturelles de la planète avant que des milliers d'espèces de plantes disparaissent ! Pour en revenir à l'aura, je me demande si on pourrait appliquer la même théorie de récupération des savoirs empiriques... en effet, si la tradition avait raison contre la science, si on pouvait « voir cette aura », on gagnerait un temps fou en diagnostic médical ainsi qu'en analyse pour cerner le profil psychologique d'un individu.

Puis, reprenant la conversation en esquimau :

— Mon cher Thor, pourrais-tu m'apprendre à la voir, cette aura ?

— C'est possible, en effet, répondit le mage, mais c'est un long apprentissage et il te faudra dormir avec moi pour qu'on fasse les mêmes rêves...

— Dormir avec toi ? s'offusqua Marion, choquée à l'idée de tous ces poils sur elle... Tu prends vraiment tes rêves pour des réal...

Elle s'interrompit, se rendant compte immédiatement de la gaffe qu'elle allait commettre. Ces gens qui avaient si généreusement partagé leurs femmes avec ses compagnons ne pourraient être que choqués si elle refusait de dormir avec le chaman... « D'autant qu'il est finalement plutôt bel homme malgré cette fourrure, pensa-t-elle, grand même par rapport aux autres... Après tout, pourquoi pas ?... Il n'y a aucune raison que je reste la seule à ne pas m'envoyer en l'air ! ». Et elle sentit à nouveau ce délicieux picotement lui parcourir l'échine...

— D'accord ! corrigea-t-elle. Dès ce soir si tu veux.

Yahvel, Raël et l'équipage n'en crurent pas leurs oreilles ! Ils se regardèrent les uns les autres, un sourire en coin retenu à grand-peine... mais qu'avaient-ils à dire ? Ils se turent.

7

Le voyage avait été court mais riche d'enseignements. Contrairement à toute attente, ces enseignements furent davantage pour les eloïmes que pour les esquimaux. On avait atterri sur le continent voisin, au Nord de l'Europe, parmi les fjords à peine dégagés des glaces de l'ère précédente. Là, sans vraiment chercher, on avait facilement trouvé des populations autochtones vivant de cueillette et de pêche, d'autres de l'élevage de rennes. On était resté quelques jours parmi eux, et les esquimaux en profitèrent pour troquer les peaux qu'ils avaient apportées contre deux grosses jarres d'une boisson locale fermentée que tous apprécièrent fort et qui s'avéra être... de la bière !

Ces gens étaient simples mais hospitaliers, sans toutefois aller jusqu'à offrir leurs épouses en cadeau de bienvenue comme les esquimaux. Ils en étaient au contraire fort jaloux et il n'aurait pas fait bon avoir un geste déplacé envers l'une d'elles... Leurs traits étaient différents, leur nez plus aquilin, leurs cheveux plus souples et blonds contrastait avec ceux noirs de jais des esquimaux. Ils appartenaient visiblement à des souches différentes, pourtant leurs langages présentaient des similitudes étonnantes, presque une parenté, tout comme leurs structures sociales...

— D'où peut venir une telle ressemblance linguistique, à votre avis ? demanda Gemael, chargé du journal de bord.

— Aucune idée. De la situation peut-être ? Ils vivent tous deux sous une latitude comparable... Les bruits naturels, qui sont souvent à l'origine des noms des choses de la nature, doivent être identiques dans un climat semblable ? Enfin, ce n'est qu'une hypothèse...

— Ce qui me trouble le plus, reprit Gemael, c'est que ces parentés de langage se retrouvent le plus souvent dans les locutions techniques. Comme si ces peuples avaient eu une initiation commune...

— Il y a une autre explication... souligna Raël. Ils n'ont pas toujours vécu ici. Au cours des millénaires précédents, ils vivaient nécessairement sous des latitudes plus hautes puisque, il y a quatre cent mille ans, lors de notre première intrusion dans le passé, la calotte glaciaire recouvrait jusqu'aux collines d'Écosse et une bonne partie de La France... Il se peut qu'ils aient fait des rencontres depuis cette époque ?

— Sans doute ! renchérit Marion. On pourrait demander à Thor s'il connaît l'histoire de son peuple jusqu'à un passé lointain... Peut-être saurons-nous trouver une explication ?

— Eh bien, demande-le lui, puisque vous êtes si intimes désormais ! ironisa Yahvel.

Le soir venu, chacun rentra dans ses quartiers. La vaste grotte offrait maintenant toute une série de cellules confortables aménagées dans les parois, éclairées par l'énergie apportée de l'extérieur et chauffée par les conduites d'eau chaude captée dans les marmites. Tout le confort moderne, aurait dit un hôtelier du 20ᵉ siècle ! C'était beaucoup plus spacieux que les cabines du bord. Marion pris Thor par la main et l'emmena jusqu'à la sienne. Il la suivit comme si la chose allait de soi. Cette nuit là, l'écho de petits cris indiscrets se répercutant sur la voûte tint en éveil une bonne partie de l'équipage. L'homme qui avait pour emblème un marteau à long manche savait visiblement s'en servir !

*

Marion s'éveilla d'humeur radieuse le matin suivant. Thor était déjà sorti, parti à la chasse avec son peuple. Il reviendrait le soir avec une provision de gibier impressionnante, comme d'habitude. Les eloïmes s'empressèrent autour de leur médecin :

— Alors, Major ? bien dormi ? s'enquit malicieusement Gemaël.

— Merveilleusement, messieurs ! j'ai passé une nuit divine ! et si vous voulez tout savoir, je vous souhaite d'être capables d'autant de prouesses de votre côté lorsque vous en aurez de nouveau l'occasion avec vos épouses respectives !

Jeu, set et match ! L'échange de piques tourna court. Les indiscrets remballèrent leur malice. On n'en saurait pas plus sur le sujet.

Pourtant, Marion fit tout de même un rapport

détaillé, non sur ses ébats amoureux mais sur la discussion qu'elle avait eue avec Thor à propos de ses ancêtres et de l'origine de son peuple.

Les esquimaux venaient du grand continent situé très loin à l'Ouest de l'île – « Probablement le Canada » pensa Yahvel – et, de multiples générations avant ça, du fin fond d'un autre encore plus loin, de l'autre côté d'une mer de glaces... – « La Sibérie j'imagine, de l'autre côté des Aléoutiennes », pensa-t-il encore –. Avant ça, Thor ne savait plus... ça remontait à bien trop longtemps, et il n'avait jamais eu la curiosité de demander à ses ancêtres de rencontre, dans ses rêves...

Toutes les tribus qu'il connaissait s'appelaient entre elles des « Thots » ce qui signifiait des « Hommes forts ». Eux avaient toujours vécu de la chasse à la baleine et de la pêche dans le Grand-Nord, mais d'autres tribus avaient trouvé des terrains de chasse plus au Sud et n'avaient plus quitté le continent. Eux l'avaient fait par l'Est, s'aventurant de plus en plus loin au-delà des îles du Groenland. Leur tribu actuelle, celle que connaissait les eloïmes, n'était qu'une parmi les centaines d'autres réparties sur le cercle polaire...

*

La journée passa sans événement notable. Les eloïmes vaquaient à leurs occupations, les esquimaux étaient affairés aux leurs. Le soir ramena le gros de la troupe des chasseurs avec un bœuf musqué. On fit un grand feu pour en rôtir un cuisseau. Le ciel était clair, il ferait froid la nuit suivante. On mangea de bon cœur et l'on but de même. La provision de bière était sérieusement entamée lorsque Thor lança le sujet après avoir réclamé le silence.

— Mes amis, je suis le plus heureux des hommes ! J'ai rencontré cette nuit une femme admirable, et je ne croyais pas que cela fut possible...

— Pourquoi, Thor ? Vos femmes ne sont-elles pas admirables ?

— Je n'ai pas dit ça. Elles sont aussi courageuses que des hommes à la chasse à la baleine, ne crient pas quand elles accouchent, dévouées avec les enfants, ingénieuses en amour comme en couture... mais ce sont généralement des pipelettes qui ne s'intéressent qu'au butin rapporté de la chasse ou de la pêche, ou encore à l'ocre qui leur permet de se farder !... Mais elles ne sont pas douées pour rêver à l'unisson. En cela, Marion est exceptionnelle ! Dès notre première nuit nous avons voyagé très loin ensemble, jusque dans les étoiles !... C'est moi qui l'ai aidée à décoller de son corps, mais c'est elle qui m'a guidé, sans peur, jusqu'au pays des morts... Oui... exceptionnelle ! Thor vous le dit.

— Merci Thor, dit Marion. Tu me fais là un beau compliment. Mais je n'ai fait que te faire confiance. J'avoue avoir eu un peu peur lorsque j'ai senti mon corps se dédoubler, mais tu étais là, à mon côté, déjà double toi aussi et flottant au-dessus de ton propre corps... Tu as su me rassurer avec tant de douceur et de gentillesse...

— Et que s'est il passé alors ? s'enquirent les auditeurs.

— Nous nous sommes élevés doucement, compéta Thor, étirant notre corde d'argent à l'infini, jusqu'à la grande ceinture d'étoiles...

— La voie lactée, précisa Marion. Les étoiles

brillaient beaucoup plus que nous ne les voyons briller d'habitude. Ça m'a surpris énormément. C'était comme si elles avaient eu des couleurs supplémentaires que notre œil biologique ne voit pas ordinairement, et une magnitude bien plus grande...

— Là, elle chercha à s'orienter et trouva rapidement une zone lumineuse qui tourbillonnait comme une tempête de neige au milieu du noir de l'espace...

— C'est encore une chose bien surprenante, en effet. J'ai pu « voir » le trou noir, mes amis, tout comme je voyais les étoiles !... Sans nul doute ce fut l'effet de ces couleurs supplémentaires, les autres nous étant occultées en temps normal par la gravitation monstrueuse qui retient leur lumière. Celles-là non, elles nous étaient visibles !...

— Que nous dis-tu là Marion ? C'est impossible ! s'écria Yahvel. Nos appareils détectent la totalité du spectre électromagnétique. Il n'est pas pensable que de la lumière visible sorte d'un trou noir, ça se saurait !

— Eh bien non ! Ça ne se peut peut-être pas, mais c'est pourtant vrai ! Je te jure que je l'ai VUE, Yahvel, aussi vrai que je te vois !

— Te rends-tu compte de ce que ça signifie, Marion ? Des pans entiers du Cosmos seraient à ce jour encore insoupçonnés ?... et ceci dans le même espace que le nôtre ? ! ! !

— Oui, je m'en rends compte !... et je suis d'accord avec ta conclusion : c'est une découverte fantastique ! ... Le seul inconvénient est que pour percevoir ces pans supplémentaires, il faut justement être démuni d'appareils... Y compris de l'appareil biologique qu'est le corps humain !... Nous avons encore de gros progrès à faire pour détecter ces mondes avec nos sens habituels, si toutefois c'est possible, même étendus et multipliés par la technologie du 3e millénaire !... Il s'agit en fait d'un tout autre mode de perception à propos de quoi nous n'avons jamais développé aucune prothèse, aucun appareil amplificateur, aucune technologie matérielle... Mais ce n'est pas tout, écoutez la suite !

Thor reprit :

— Là, c'est moi qui eut peur quand Marion voulut m'entraîner vers cette spirale inconnue. Mais elle me dit que vous étiez passés par là déjà deux fois. Je l'ai donc suivie et nous fûmes instantanément dans l'œil du cyclone...

— L'avantage de tomber dans un trou noir en l'état de pur esprit, reprit Marion, c'est que la matière n'est pas contrainte par la force gravitationnelle – et il n'y avait plus de matière en ce qui nous concernait, quoique... – Seule la volonté guide l'esprit, qui flotte ainsi dans le Cosmos sans ressentir le moindre malaise physique. Le déplacement s'effectue à une vitesse hyper-luminique inimaginable, le temps de penser à son but et on s'y trouve !... Pourtant, il doit s'agir d'une forme éthérée sans aucun doute, mais matière tout de même car nous pouvions vraiment « toucher du doigt » les météorites que nous croisions sur notre chemin !... L'une d'elles m'a même heurtée avant que je ne la voie et je me suis crue blessée. Mais non, elle m'était tout simplement « PASSÉE AU TRAVERS ! ». Ça fait une drôle d'impression, comme une chatouille électrique, assez désagréable mais apparemment inoffensive puisque nous sommes revenus sains et saufs... Voilà ! Vous savez tout...

— Vous avez bien rêvé en tout cas !... C'est une superbe histoire et je vous félicite, Thor ! Aucun humain de ma connaissance n'aurait pu faire perdre ses sens à Marion de telle manière... Il faudra nous donner votre recette sur votre façon de faire l'amour ! Heu... dites-moi une chose : pourquoi vos femmes ne nous font-elles pas planer comme ça ? Elles sont expérimentées certes, mais aucune à ce point-là ! J'aimerais bien, moi aussi, me faire aspirer sans danger par le trou noir de Marion...

Les eloïmes sourirent... Le visage de Thor s'assombrit. Il sentit toute la dérision contenue dans la remarque du moqueur. Marion la remarqua aussi évidemment.

— Et voilà ! Voilà bien les hommes modernes, les héros du 3e millénaire ! les Messieurs je-sais-tout !... Mécréants ! mécréants et goujats jusqu'à la moelle ! Ah ! vous pouvez être fiers, oui... Allez Thor, viens, on va se coucher, laissons là ces imbéciles ! Puisque la nuit porte conseil, ils seront peut-être davantage conscients demain... conscients de leur ignorance !...

*

Le lendemain, en effet, les vapeurs d'alcool s'étant dissipées, Yahvel vint au nom de l'équipage s'excuser auprès du couple.

— Marion, et toi Thor, au nom de tous je vous présente nos excuses pour hier soir. Nous avions je crois bu un peu trop, et nos commentaires graveleux furent plus bêtes que sages, mais ta réaction justifiée a piqué mon amour-propre et j'ai réfléchi cette nuit : Nous ne savons pas tout, en effet, une grande partie du mystère cosmique nous échappe encore. Notre civilisation technologique et matérialiste est probablement trop orientée par ce qu'on appelait le rationalisme cartésien au cours des siècles derniers. Or, le rationalisme ne permet de raisonner qu'à partir de ce qu'on connaît, voire à partir d'hypothèses, mais pas à partir de ce qu'on ignore, encore moins à partir de ce que l'on méprise, et il y a là une faille vertigineuse dans notre système de références à laquelle il nous faut remédier...

Se tournant vers l'équipage, il continua :

— Après tout, c'est bien pour découvrir des choses inconnues que nous sommes partis, même si nous pensions les trouver dans les domaines matériel et physique. Nous ne pouvons ni ignorer ni refuser d'étudier les aspects qui ont échappé jusque là à notre science. Je suis d'accord pour qu'ensemble, nous regardions de plus près la face cachée du monde, celle que nos instruments ne détectent pas. D'après ce que Marion nous a dit hier, Thor ferait un grand guide vers cet univers...

— Je suis touchée, Yahvel, surprise et touchée de ces excuses. Et pour ma part, je vous pardonne bien volontiers vos allusions grivoises. J'en aurais ri avec vous si la chose n'avait été aussi sérieuse. Ce qui m'a le plus heurtée ne fut pas tant vos plaisanteries stupides que votre manque d'intérêt pour une aventure incroyable dont vous n'aviez pas pris la relation au sérieux. Maintenant, je vois que vous évoluez et c'est bien. On ne parle plus de cet incident. Qu'en penses-tu Thor ?

— L'homme ne peut aller plus vite que sa tête sans risquer de la perdre ! dit le chaman. C'est un vieux proverbe esquimau. Il faut un temps pour tout. Tes amis avaient besoin de ce temps pour comprendre. Je ne leur en veux pas.

— Merci Thor ! Merci Marion ! Vous êtes décidément

une équipe magnifique !

*

Il fut donc décidé de se pencher davantage sur ces questions extra-matérielles que nul n'osait encore dire spirituelles. La notion d'une quelconque nature divine n'ayant à leurs yeux aucun lien de près ou de loin avec la réalité cosmique de mondes non mesurables, il convenait de comprendre simplement comment pouvait bien « fonctionner » ce ou ces mondes parallèles non détectables par les instruments technologiques.

— Nos instruments sont clairement inappropriés, c'est évident, déclara Gemael. Serait-il possible d'en imaginer d'autres pour accéder à ce monde immatériel ?

— Je vous ai dit ce que j'en pensais hier, reprit Marion. À mon avis ce n'est PAS un monde « immatériel ». C'est un monde éthérique, subtil, confinant à la limite du matériel et de l'immatériel. Une question de niveau vibratoire des molécules, sans doute... D'un côté, il y a bien matière, puisque j'ai eu la sensation de « toucher », mais en même temps, cette matière n'est pas « solide », elle est transparente aux éléments solides de notre monde, qui passent au travers, comme une vitre l'est à la lumière qui la traverse...

— Une question de niveau vibratoire ? Ce n'est pas idiot, en effet. En théorie, si nous pouvions augmenter de manière coordonnée le niveau énergétique des atomes de n'importe quel constituant du vaisseau et de son contenu, de sorte que tout augmente en même temps, les rapports entre les gens et les choses resteraient identiques... Donc, quel que soit l'augmentation globale, les choses resteraient réelles les unes par rapport aux autres, tout en se différenciant du reste de l'environnement, de ce qui n'est pas inclus dans le changement de niveau global...

— Hum... N'est-ce pas ce qui nous est arrivé dans le trou noir ? s'interrogea tout haut Raël. Après tout, l'ensemble du vaisseau a été pris par deux fois dans la tourmente d'une pression également répartie sur tous ses éléments, passagers compris. Cette pression a amené un échauffement global, donc un bond énergétique des électrons de chaque atome de chacun de ses constituants... Nous ne l'avons pas ressenti comme tel puisque nous étions à l'intérieur du phénomène et sujets nous-mêmes à cette évolution... exactement comme les passagers d'un train ou d'un avion supersonique ne ressentent que la vitesse relative...

— Génial ! Bien sûr, c'est cela, Eurêka ! s'écria Yahvel. Mes amis, nous avons tout simplement découvert la formule pour maîtriser le passage temporel ! Je me disais bien que quelque chose nous reliait aux réalités à travers le temps. Il nous manquait un étalonnage précis pour programmer le but à une époque désirée. Je crois que nous l'avons. Ou presque. Toutefois, il va falloir tenter une nouvelle expérience pour vérifier... Raël, peux-tu inventorier l'état actuel d'équilibre électronique pour les différents éléments du vaisseau ? Puis nous calculerons, par rapport à la table des éléments de Mendeliev de NOTRE temps, la dérive énergétique que nous aurions pu subir dans un sens ou dans l'autre ?...

— Ça doit être possible, oui. Je dois trouver le

nécessaire dans la bibliothèque de bord...

— Exécution ! J'ai hâte d'avoir cette comparaison sous les yeux.

*

La comparaison avait demandé plusieurs semaines de calcul à Raël. Il avait fallu calculer le niveau vibratoire, c'est-à-dire énergétique des électrons de chaque atome pour chaque boulon, chaque élément plastique, et il y en avait des millions, ou chaque cellule vivante, et il y en avait des milliards. Un travail titanesque, que les puissants ordinateurs de bord avaient finalement terminé. Le résultat était maintenant là, à l'écran, et Yahvel exultait !

— Je m'en doutais ! Je m'en doutais depuis l'autre jour lorsque Marion a parlé de vibrations et Gemael de changement de niveau... Ce fut une fulgurance ! Je suis sûr maintenant que nous allons rentrer chez nous, mes amis. J'ignore encore quand exactement mais le but approche, et grâce à ces calculs nous allons pouvoir programmer le passage de manière précise.

— Hum... Es-tu sûr que les lois de la physique s'appliqueront au-delà des normes habituelles, Yahvel ? s'inquiéta Marion.

— Certain ! J'en suis certain ! hum.... En théorie !... Mais il n'y a aucune raison que ça ne fonctionne pas, mon raisonnement est d'une logique implacable. Reste à en vérifier les prévisions par l'expérimentation grandeur nature. Et là, on n'a pas le choix, pas de simulation possible.

— Au point où on en est, de toute manière... Comme tu dis, on n'a pas le choix...

— Reste à calculer et stocker l'énergie dont nous aurons besoin pour accélérer, ou au contraire compenser, celle imposée par la pression du vortex, de façon à en sortir non pas recrachés de manière aléatoire mais volontairement et en un temps choisi. Nous devons aussi modifier nos moteurs ioniques pour qu'ils encaissent la surcharge et emmagasinent le trop plein. De cette manière, nous pourrions en permanence assurer nos besoins, à l'occasion pour nous en servir contre le vortex qui nous fournira lui-même cette énergie... Rendez-vous compte ! C'est une source inépuisable d'énergie ! l'équivalent du mouvement perpétuel !... Gemael, tu peux te charger de ça ?

— Bien Yahvel. Je vais voir ce qu'on peut faire...

— Non, non ! Tu vas FAIRE ce qu'il FAUT faire ! C'est un ordre ! Si tu ne comprends pas ce que je veux, demande à Raël de t'aider...

— Oh ! j'ai bien compris... Je suis juste un peu sceptique sur le résultat, ça me paraît trop simple, mais c'est toi qui commandes...

— J'espère bien !

*

On fit donc comme Yahvel l'avait dit. On recalcula les paraboles, les calculs semblaient justes... On remania les moteurs ioniques, on fit le plein d'énergie et, le temps de faire celui de provisions, au printemps suivant l'appareil serait prêt pour une nouvelle aventure.

Entre temps, l'hiver allait marquer l'humanité de son empreinte : un certain nombre de femmes esquimaudes tombèrent enceintes. On ne savait pas trop qui en était responsable. Le fait ne manqua pas de faire réfléchir gravement Yahvel et sa troupe. Parmi eux, il y avait des pères, mais comment savoir... Un rapide examen prénatal montra que trois des six bébés attendus, beaucoup plus développés que les autres, étaient probablement des rejetons de eloïmes...

— Il va falloir prendre des décisions difficiles ! annonça Yahvel. Nous ne pouvons pas prendre le risque de laisser ces enfants contaminer les souches originelles ! Nous changerions le déroulement du continuum... Ce n'est déjà que trop le cas avec notre première intervention en Égypte où nous avons certainement laissé des traces génétiques... Cette fois, il faut que nous les emmenions avec nous.

— Avec nous ? sursauta Gemael. Mais tu n'y penses pas ! organiser une bulle de suspension pour un ou deux mômes, je me débrouillerais, mais pour trois et leurs mères en plus... L'USS ELOÏ a beau être grand, la place n'est pas prévue dans ce vaisseau pour une garderie !

— Je n'ai pas dit qu'il fallait emmener leurs mères... intervint Yahvel. Elles voudront certainement rester parmi les leurs... Ça va être un déchirement pour elles...

— Quoi ? tu veux qu'on leur enlève leurs mômes, alors ?

— Hélas ! Je crains qu'il n'y ait pas d'autre solution... Ce qui me gêne le plus, c'est ce qu'on va en faire ensuite... Qui va s'en occuper à bord et combien de temps ?... Marion ?... interrogea-t-il du regard...

— À moins... que les mères ne veuillent en conserver la garde ? Vous n'avez pas pensé à ça, hein ? Vous êtes bien des mecs !

— Il y a une autre solution, suggéra Raël... Si nous les laissions à leurs mères ici, et que nous venions les rechercher dans quinze ou vingt ans ? Ça nous laisserait une marge de manœuvre, et à elles le temps de voir grandir leurs marmots... Avec la source d'énergie gratuite fournie par les marmites, on leur laisserait un ordinateur programmé pour leur inculquer une éducation adaptée à mesure de leur croissance. Ainsi, quand nous reviendrons, ils seront quasiment comme nous...

— Oui... ça parait une solution provisoire acceptable... à la condition qu'ils ne procréent pas à leur tour entre temps ! Il faudra impérativement revenir les chercher avant leur puberté. Pas dans quinze ou vingt ans mais d'ici une douzaine d'années au maximum.

— Il faudrait aussi demander à Thor ce qu'il en pense... C'est son peuple après tout...

— Ce que j'en pense ? Qu'ils sont bien assez grands pour s'en débrouiller. Mais si vous prévoyez de revenir dans douze ans, je viens aussi, si vous voulez de moi !

8

En quelques semaines Thor s'était parfaitement adapté à la vie du bord. Ce type était finalement très moderne pour son époque. Il semblait vraiment avoir l'habitude de se déplacer dans l'espace et avait très vite compris quantité de manœuvres, aussi, il donnait volontiers un coup de main à l'équipage ici ou là. Il se sentait de plus en plus « comme eux » et l'équipage lui faisait confiance pour toutes les manœuvres ordinaires comme il l'aurait fait à un mousse sur un voilier d'antan. En un temps record, il apprit à lire et à écrire afin de pouvoir comprendre, comme tout le monde, un minimum de choses concernant les manœuvres de l'appareil et la manipulation des ordinateurs. Gabriel le fit même bénéficier d'un programme spécial d'éducation mis au point pour les enfants restés sur Terre. Sous son apparente naïveté, il avait surtout une capacité d'apprentissage hors du commun.

Effectués en léthargie dès la sortie du système solaire, les quelques mois de voyage jusqu'aux environs de l'étoile double Sirius s'étaient passés sans le moindre problème et on arrivait maintenant aux abords du gouffre stellaire menaçant. Yahvel fit vérifier une fois encore les calculs paraboliques. Tout collait à sa prévision, et il donna l'ordre d'engagement dans la gigantesque spirale.

Comme les deux premières fois, ou plutôt comme ils avaient pu s'en rendre compte à la seconde, la vitesse de l'appareil s'accéléra au fur et à mesure de sa chute vers l'étoile noire... Les instruments de bord commencèrent à vibrer, la coque à émettre de sinistres craquements, mais tout tenait bon. Imperturbable, Yahvel donna des instructions au fur et à mesure. La pression doublait-elle ? Il compensait aussitôt en faisant doubler la fréquence électromagnétique émise par le contrôleur central... Un peu plus tard ça recommençait. De bond énergétique en bond énergétique, l'ensemble du vaisseau prenait des couleurs bizarres mais se comportait vaillamment dans la tempête. Chaque fois une relative stabilisation se faisait sentir avant la vague suivante de vibrations. Bizarrement, mais sans aucun doute en accord avec les calculs préalables, leurs yeux n'étaient pas exorbités, leurs joues n'étaient pas creusées par une quelconque dépressurisation. Ils se sentaient plutôt bien. Un certain équilibre, une harmonie même, semblait s'être établi entre eux et le reste du vaisseau... Enfin, Yahvel donna l'ordre de se dégager du vortex.

— On va sortir... Paré à virer, 30° bâbord toutes !

Ce fut là que les difficultés commencèrent...

Les moteurs ioniques crachèrent toute leur puissance. Enrichis qu'ils étaient par l'apport incessant d'énergie en provenance du vortex lui-même, ça n'était pas la puissance qui leur manquait, loin de là, mais en vain, le trou noir ne voulait pas lâcher sa proie !... Pas avant son heure à lui ! Il ne supportait pas qu'un minuscule grain de métal échappât à sa soif inextinguible... Le vaisseau se mit à tournoyer en tous sens dans la spirale maudite, marchait en crabe, traçant sa route dans le tourbillon infernal comme un fourmi folle qui tente de surnager dans un siphon de lavabo, la dérive fut extrême, la pression augmentait sans cesse, inexorablement, les craquements reprirent, les premiers symptômes de malaises et de perte de conscience se firent jour parmi les voyageurs... Etait-ce la fin du voyage ?...

*

— Bonjour Thor !

Il s'éveilla subitement, tout à la joie d'être encore vivant. Personne !... Plus de vaisseau !... Il flottait seul dans l'espace noir, au milieu du tourbillon enivrant d'une lumière bleue électrique... Était-il mort ?... Une pensée extérieure s'insinuait pourtant dans son esprit... Il secoua la tête pour s'en débarrasser mais elle reprit de plus belle, s'imposant à lui, pénétrant son cerveau le plus poliment du monde.

— Bonjour Thor !

Il résolut d'y répondre, de la même manière...

— Bonjour ! Qui êtes-vous ?

— Nous sommes des chromatonautes, nous voyageons dans la lumière du temps. Nous vous avons vu dériver dans le vortex. Vous ne devriez pas tenter l'intentable dans votre secteur temporel. Vous n'êtes pas encore mûrs pour de tels exploits et vous risquez la mort la plus douloureuse qui soit : vous perdre dans le néant.

— Dans le néant ? C'est quoi le néant ?... Et comment faites-vous vous-même puisque vous vous dites voyageurs du temps ?

— Nous, ça n'est pas pareil !... Nous venons du futur de la galaxie d'Andromède. Un monde très en avance sur le vôtre... Il y a longtemps que nous voyageons ainsi dans l'espace par les raccourcis du temps. Vous non. Vous avez encore beaucoup de choses à apprendre !... Le Néant, cher Thor, comment vous dire... c'est un lieu... Un lieu ? même pas ! un état dirai-je... sans dimension, sans matière, sans espace ni temps. Un état de non-existence et dont on a pourtant pleine conscience !... d'où la souffrance qu'on y ressent, et nous ne la souhaitons à personne... Il vous faut très vite corriger votre niveau de vibration en fonction de vos harmoniques si vous ne voulez pas vous désintégrer et y être engloutis à jamais... Il est encore temps. Retournez vite à bord et positionnez votre fréquence sur 300 000 Ghz... Vite, vous n'avez pas trop de temps !

Instantanément, Thor se releva sur sa couchette. Le vaisseau craquait de partout. Il jeta un coup d'œil à l'ordinateur central. La fréquence indiquée était trente fois moindre. Tous les hommes étaient à terre ou évanouis dans leurs bulles. Il lui fallait faire quelque chose... Il rampa jusqu'à l'écran, son doigt velu tapa un chiffre au clavier

« Non, pas celui-ci, comment on efface ? ah oui, touche arrière... Vite ! taper les bons chiffres... Ne pas oublier de faire "entrée"... Voilà, pourvu que ça marche !... et maintenant ?... Trop tard ! je n'ai plus la force... »

*

« Par les mânes de mes ancêtres, tu vas payer cela de ta vie !»

Le géant blond brandit la lourde hache au-dessus de la tête d'un vieillard terrorisé et l'abattit d'un seul coup. Sous le choc, le casque de cuir se fendit et la tête éclata, giclant le sang jusqu'à sur la face grimaçante du meurtrier qui s'essuya d'un revers de manche. Il avait la barbe hirsute et une longue paire de nattes battait de larges épaules dont on pouvait discerner la musculature sous la fourrure de loup. Il rit à pleine gorge d'un rire tonitruant, s'empara d'une corne pendant à sa ceinture et tendit le godet à une femme apeurée qui le remplit d'hydromel. Il but à grandes lampées le breuvage magique, puis émit un rot sonore. La succession au trône était entérinée !...

Ça n'avait pas toujours été comme ça. Au début, il y avait longtemps, la légende racontait que les jeunes gens prétendant à commander le clan devaient faire preuve de bravoure et de courage, mais aussi de sagesse et d'instruction. Ils devaient avoir accédé aux échelons supérieurs de l'initiation, avoir passé avec succès un certain nombre d'épreuves d'endurance et d'aptitude au commandement. Ils devaient au moins savoir comment fabriquer seuls un bateau de bois ou de peau, reconnaître certaines plantes pour leurs qualités médicinales, et être allé au moins une fois se baigner à la fontaine de jouvence, là-bas... C'était si loin qu'on avait oublié où... Certes, les premiers chefs avaient bien répondu à ces critères et pendant un long moment la première colonie avait évolué tranquillement dans la sagesse et la science diffusée par les dieux révérés. Mais depuis ce temps lointain était passée la grande vague, celle qui avait tout submergé. Savoir et superstition ignorante s'étaient mélangés. Les survivants bien entendu avaient été ceux qui avaient la force avec eux, ceux qui avaient pu capturer des femmes et continuer de chasser par ces temps obscurs...

Depuis, d'innombrables générations s'étaient succédées, et maintenant l'horrible coutume avait pris le pas sur la raison : les frères et collatéraux du fils aîné d'un chef vieillissant devaient quitter le clan, être bannis ou mourir pour que le successeur entre en fonction. De ce fait, les frères et cousins se séparaient du groupe tribal et partaient s'installer sous de nouveaux cieux. Cette procédure avait eu pour conséquence d'envoyer chaque génération essaimer toujours plus loin. Très vite, en quelques siècles, de nouveaux clans s'étaient ainsi répandus tout autour du cercle polaire et leur migration les menait de plus en plus loin vers le Sud, au fur et à mesure du regain du froid au Nord et des subdivisions de la génération première. L'éducation restant malgré tout au premier rang des obligations princières, les proscrits ne partaient pas sans bagage et c'était toujours des gens relativement instruits qui s'en allaient, instruits mais sauvages dans leurs mœurs, ce qui en faisait des conquérants d'autant plus redoutables.

Au fil des siècles leur savoir les amena à régner en maîtres sur de vastes régions. Rencontrant des peuples moins évolués techniquement et qui ne connaissaient pas comme eux les armes de forge dont le secret était bien gardé, ceux que les populations apeurées appelaient « les Géants du Nord » colonisèrent peu à peu leur hémisphère jusqu'aux grandes mers intérieures et bien au-delà des océans... Imposant leur langue et leur culture partout où ils passaient, ils supplantaient rapidement les populations locales, installaient des comptoirs, fondaient des cités, instaurant leurs lois et leur culte aux puissances de la Nature. Utilisant les grottes naturelles ou creusant dans la Terre-Mère des cavernes initiatiques, ils professaient comme une nouvelle naissance le passage symbolique vers l'autre monde, souvent même au sens propre, à des victimes consentantes... Dressant de gigantesques pierres qui marquaient en surface les veines de la Terre, ils propageaient l'image d'un dragon ou d'un serpent apportant sa puissance aux humains... D'où leur venait donc ce savoir ?...

De la Sibérie à l'Alaska, du Groenland à la Patagonie, des vastes plaines de Mongolie jusqu'à la mer de Chine, à l'image du dragon qu'ils véhiculaient, à la fois initiateurs et prédateurs impitoyables, les conquérants propageaient leur impérialisme hégémonique et dominateur qui décimait les peuples précédents...

Chemin faisant, ils apprenaient aussi ; d'Asie ils avaient emporté le cheval qui devait tant leur servir pour aller par-delà le monde connu, d'Amérique ils rapportèrent l'art de la céramique et la pharmacopée, d'Europe l'art de la pierre, en Inde et en Chine, ils apprirent la cuisine et sa sœur, l'alchimie et l'art des poudres, en Égypte enfin, ils retrouvèrent avec surprise un culte de la lumière très proche de leurs propres conceptions du monde...

Grands voyageurs en incessante quête de nouveaux territoires, ils dressaient des cartes de ces voyages, des rives de ces continents lointains. Maîtres des mers sur leurs vaisseaux de bois et de toile, ils sillonnaient les côtes de tous les continents, n'ayant pas peur de s'aventurer jusqu'aux forêts d'Amazonie, jusqu'à la pointe de l'Afrique et au-delà jusqu'aux Indes et à la Chine millénaire. Ils capturaient des esclaves, prospectaient les gisements de toutes sortes, argent, or, cuivre, plomb, étain, fer, zinc, ou même bauxite...

En quelques siècles d'ouverture d'esprit, ces rencontres et découvertes extraordinaires leur avaient permis d'inventer des instruments plus extraordinaires encore : des matériaux ultra légers et des appareils volants ! Peu à peu, les « Géants du Nord » devinrent des dieux aux yeux des peuples conquis et donnèrent naissance à tout un aréopage de héros et de déesses...

Leur empire dura bien trente mille ans, jusqu'à ce qu'un jour un morceau d'étoile détaché du ciel tomba sur Terre.

À son point de chute, il fit bouillir l'océan comme

une marmite de l'enfer, faisant surgir des abysses une monstrueuse vague qui submergea le monde !... La pluie tomba pendant des lunes et des lunes... Le niveau des océans monta en quelques décennies, et plus jamais on n'entendit parler de la Terre-Mère... Elle avait disparu de la surface de la Terre. Le Déluge avait fait son œuvre ! On ne se souviendrait désormais que des noms des survivants, tels Rama, Gilgamesh, Utnapishtim, et quelques autres...

Après un tel cataclysme, par désespoir ou par négligence, les Géants du Nord perdirent peu à peu toute leur connaissance. Pour survivre, ils s'étaient mélangés aux populations soumises et beaucoup avaient diminué en taille comme en durée de vie, se confondant à l'occasion aux autochtones. Les devoirs de transmission furent de plus en plus négligés, les certitudes scientifiques des élites devinrent des croyances dogmatiques pour prêtres aussi fanatiques qu'incultes... Les derniers représentant de leur race ne régnaient plus guère que par la force sur les petits peuples qu'ils avaient si longtemps dominés de leur savoir... Par-ci, par-là, un îlot de science subsistait, un palais en ruine ou un temple à l'abandon laissaient encore admirer des pierres impressionnantes dont plus personne ne connaissait l'histoire... Peu à peu, la nature reprit ses droits et les derniers vestiges de leur empire millénaire disparurent corps et biens, engloutis par les forêts, les éboulis, ou dans le fond des océans.

*

L'USS ELOÏ flottait dans l'espace, calme et immobile à quelque distance de Sirius...

Raël ouvrit un œil. Ses camarades étaient étendus

autour de lui, sans connaissance dans leurs bulles ou à même le sol comme Thor, inanimé au pied de l'ordinateur central... Raël fit quelques mouvements de récupération et se releva. Rapidement, il palpa le pouls de chacun, écarquilla leurs yeux. Coma léger, ils dormaient. Rassuré, il alla vérifier les instruments, inspecta les avaries, et fit le point du temps sidéral. Ils étaient en l'an 5010 avant J.C.

« Allons ! pensa-t-il, ça n'est pas encore pour cette fois ! »

Ses compagnons s'éveillèrent à leur tour, un à un. Mal au crâne, bosses, hématomes, aucun d'eux n'avait vraiment la forme olympique. La secousse avait été rude encore une fois. Yahvel se rua sur l'écran central pour vérifier la validité de ses calculs et la source de la déviance constatée. Il fit un bond en voyant affichée la dernière fréquence entrée : 300 000 Ghz !

— Qu'est-ce que c'est que cette connerie ? hurla-t-il. Qui a entré ça ? Pas étonnant qu'on se soit encore plantés ! Qui est le coupable ? Qu'il se dénonce ! Ce n'est pas toi Gemael ? Alors c'est toi, Raël ? Non ? Mikhaïl ?... Quand même pas Marion ? ! ! !

— C'est moi, dit Thor, calmement.

— Mais enfin ! Thor ! tu es devenu fou ? Pourquoi as-tu entré une telle fréquence ? et surtout de quel droit ? ! ! ! Tu veux nous voir tous désintégrés ? Une chance que le vortex nous ait recrachés une fois de plus !... Je t'interdis de toucher ces appareils, tu m'entends ! Jamais !

— Nous serions désintégrés si je ne l'avais PAS fait, Yahvel ! Vous aviez déjà tous perdu conscience ! C'est moi qui vous ai sauvés, pas le contraire !

— Ah ça, c'est la meilleure ! Monsieur prétend nous

en remontrer en physique quantique ! ben voyons ! et pourquoi pas en astronautique tant qu'on y est !

— Je n'aurais pas cette prétention, mais c'est bien moi qui ai tapé ce chiffre. Calme-toi, Yahvel ! Je savais ce que je faisais !

— C'est ça ! et tu l'as trouvé dans le dernier album de Tintin ou de Guy l'éclair ?... évidemment !

— Comprends pas !... Mais puisque je te dis...

— Arrête ! C'est insensé ça ! C'est le monde à l'envers ! un sauvage du néolithique qui explore le temps, c'est déjà pas courant, mais qu'il fasse les calculs lui-même, alors là !...

Marion s'interposa :

— Stop Yahvel ! Je ne supporte pas que tu traites Thor de cette manière ! Après tout, nous sommes vivants, et que ce soit grâce à lui ou pas, ça n'est certainement pas grâce à toi !

— Ça c'est vrai, Yahvel, intervint Raël. Je me souviens parfaitement que les choses ont commencé à dériver à partir du moment où l'on a viré de bord. Il y a forcément quelque chose qu'on n'a pas prévu, et au moins pour ça, Thor n'y est pour rien.

— Hmm... Je vous l'accorde... Mais alors qui a sauvé le vaisseau ? Et qui a entré ce chiffre faramineux de 300 000 Ghz ? Il n'est tout de même pas arrivé là par l'opération du Saint-Esprit ?

— Si Thor te dit que c'est lui, tu peux le croire ! dit Marion. Quant à savoir pourquoi ce chiffre précisément, c'est une autre chose...

— Oh ! je ne l'ai pas inventé, précisa Thor. On me l'a donné ! Les chromatonautes me l'ont donné. Ils nous ont vu dériver dans le vortex...

— Hein ? De mieux en mieux ! Des chromaquoi ? des Iroquois tu veux dire ?... Des ancêtres d'une tribu cousine, sans doute ?

— Des chromatonautes. Des gens qui venaient d'un monde nommé Andromède, m'ont-ils dit...

— Je rêve ! On est en plein délire ! Tu as introduit ce chiffre dans l'ordinateur central parce que des gens rencontrés dans tes rêves te l'ont dit ? ! ! !

— Ben oui... Qu'est-ce qu'il y a de mal à ça ?...

— Il est complètement marteau, ce mec !... givré et marteau ! J'aurais dû me méfier d'un type qui en traîne toujours un avec lui !... Marion ! emmène ton guignol ailleurs ou je vais faire un malheur !

— Viens Thor !... laissons le se calmer !

*

— Je te jure Marion que j'ai dit la vérité. Toi, tu me crois, dis ?

— Je te crois Thor, je te crois... Je sais que tu dis toujours la vérité. Mais cette vérité est difficile à reconnaître pour Yahvel. Lui n'a pas eu la chance comme moi de voyager « en rêve » comme tu dis. Cette faculté lui est étrangère. Il ne la comprend pas. Et il n'accepte pas ce qu'il ne comprend pas, tu le sais bien. Explique-moi plutôt ce qui t'est arrivé, comment t'est parvenu ce chiffre ?

— Par la pensée. Je n'ai vu personne en fait, j'ai ressenti une pensée dans ma tête. Une pensée à qui j'ai parlé et qui m'a répondu...

— Juste une pensée ? et tu n'as vu personne ?

— Comme je te le dis. Mais ils étaient plusieurs, j'en mettrais ma main au feu. D'ailleurs, mon interlocuteur disait « nous ». Et si je ne les ai pas vus, eux nous voyaient c'est certain. Ils me l'ont dit clairement d'ailleurs. Ils nous ont vus dériver dans le vortex. C'est alors qu'ils sont intervenus pour nous secourir en me donnant ce nombre... et en précisant que nous devions respecter nos « harmoniques »... J'ignore ce que ça signifie.

— Moi, je le sais !... Thor, je te crois. C'est fantastique ce que tu viens de dire là. Rester dans ses harmoniques... voilà tout simplement ce qu'a oublié Yahvel dans ses calculs !

*

— Yahvel ! Écoute un peu par ici...

— Oui ? Quoi encore ?...

— Tu vas devoir faire des excuses à Thor, cher ami ! Parce que Thor a raison !

— Marrant ! T'en as une autre comme ça ?

— Sans blague ! je ne rigole pas. Thor a vraiment sauvé le vaisseau avec cette initiative. Et je suis sûre que ce qu'il dit est vrai, car tu as oublié une chose dans tes calculs, une chose essentielle, erreur cruciale que son intervention a corrigée...

— Laquelle ?

— Les harmoniques, mon cher !... les harmoniques !

Yahvel pâlit.

— Putain ! c'est vrai ! Nom de dieu, mais que je suis con ! Evidemment... les résonances harmoniques...

Mais comment a-t-il pu s'en rendre compte et corriger le tir ?

— Ça n'est pas lui, il ne sait même pas de quoi il s'agit ! Ce sont ces fameux chromatonautes !

— Ne vas pas me dire que tu y crois ?

— Et pourquoi pas ? Il n'a pas pu inventer seul cette histoire d'harmoniques. De plus, nous sommes partis de la Terre pour découvrir d'autres civilisations, non ? Eh bien, lui l'a fait, voilà tout ! Des gens de la constellation d'Andromède, d'après ce qu'ils lui ont dit...

— Andromède, rien que ça ? à 2,5 millions d'années lumière !... enfin, admettons !... Comment auraient-ils pu faire le calcul à notre place ? !

— Je l'ignore... Sans doute la perturbation, l'effet discordant que notre tentative a généré dans le cosmos... comme une fausse note dans un concert, il n'y a pas besoin de faire partie de l'orchestre pour l'entendre. On peut alors, si on a l'oreille parfaite, discerner exactement la note coupable et le musicien fautif...

— Oui, c'est juste. Enfin, je veux dire ta remarque est juste, évidemment pas notre fausse note. Je dois donc des excuses à Thor. Décidément, il m'étonnera toujours ce garçon.

— Hé ! non mais !... Crois-tu que je l'aie choisi par hasard ?

*

La salle à manger de l'appareil était très animée. La

discussion portait sur cette affaire d'harmoniques et les calculs refaits en intégrant ces paramètres donnaient en effet des résultats très différents...

— Une chose m'échappe pourtant... ces 2,5 millions d'années-lumière !... Tu te rends compte ? Même à vitesse superluminique, on met déjà plusieurs mois à atteindre la zone de Sirius qui n'est guère qu'à 8 années-lumière... Là, 2,5 millions !... Andromède, ce n'est pas la porte à côté !... Comment ces gens, pour autant qu'ils ne soient pas l'effet d'un délire onirique, pouvaient-ils se trouver là pour nous voir ?

— Ça... Nous voir et nous contacter... j'ignore comment ils ont fait, mais le fait est que leur chiffre était bon et qu'ils nous ont sauvés du désastre... Comme ça ne peut en aucun cas être une invention de Thor, ça vient nécessairement d'une autre source !

— Je dois bien le reconnaître. C'est indubitable. À défaut de toute autre raison logique, et malgré toute la réticence que j'ai à admettre celle-ci, c'est la seule explication de rechange. De plus, avec Raël nous avons intégré ces paramètres de résonance dans nos anciens calculs... Pas de doute, ça complique, mais ça change tout !... Cette histoire d'harmoniques me taraude depuis des jours... Si nous n'avions pas fait le trajet de retour en état de léthargie, je crois que ça m'aurait empêché de dormir !

— Je veux bien te croire. Ça ne doit pas être drôle de se sentir responsable d'un désastre évité de justesse... Heureusement que nous avons bénéficié de cette assistance imprévue, sinon tes calculs nous auraient bel et bien anéantis.

— J'en conviens. J'étais trop sûr de moi, j'ai oublié juste ce détail. Mais comment pouvais-je prévoir son importance ?... Il eut fallu être musicien, et je ne suis qu'ingénieur en chef de l'expédition, pas chef d'orchestre !

— En tous cas, je te remercie d'avoir fait des excuses publiques à Thor. D'une part parce qu'il les méritait, et d'autre part parce que son ignorance technologique lui donnait quelques complexes vis-à-vis de nous autres. Maintenant, je crois qu'il est très fier, il a le sentiment d'appartenir vraiment à l'équipe et d'apporter quelque chose.

— C'est bien mérité. Même si j'ai du mal à l'accepter et encore plus à le comprendre, ce sont ses capacités si étranges pour moi qui ont permis de déceler mon erreur... Nous sommes complémentaires dans le fond... Cela dit, j'espère qu'il n'y aura plus de problème la prochaine fois car, du coup, nous ne sommes pas encore rentrés. Mes calculs initiaux devaient nous ramener à notre époque mais cette dérive temporelle imprévue nous a renvoyés à l'époque biblique. Les moteurs ont beaucoup consommé et le vaisseau a été secoué. Il va falloir à nouveau faire le plein et la révision complète... Mais il y a plus grave : nous sommes contraints d'oublier pour l'instant les enfants laissés en 33 500 avant J.C. chez nos amis Thots. J'ai peur qu'ils n'aient donné naissance depuis à toute une descendance intempestive risquant de modifier notre passé... Tout nous échappe !

— Allons Yahvel ! Ne désespérons pas. Nous avons un avantage sur le temps passé : nous en connaissons déjà l'histoire ! Il nous suffit de reprendre les rapports archéologiques et les légendes, à la bibliothèque, pour constater si nous avons fait changer quelque chose ou non...

— C'est une excellente idée, ça ! C'est vrai, si nous avons introduit une variable conséquente dans le passé, on doit en retrouver la trace dans l'histoire...

Allons voir !

*

Gabriel, chargé de communication au sein de l'équipe, était un ange de gentillesse et de professionnalisme. Expert en informatique, il n'avait pas son pareil pour vous retrouver le moindre iota dans le fatras de textes archivés dans les yottaoctets de mémoire ou pour décrypter une écriture inconnue.

— Si je comprends bien, vous me demandez de vérifier si les enregistrements de départ ont changé ou pas ?... Mais pourquoi auraient-ils changé ? Ce n'est pas moi qui les écris, vous savez bien que toute cette bibliothèque a été introduite en mémoire avant le départ de la Terre à notre époque. Je ne me permettrais pas d'y toucher.

— Bien entendu Gabriel ! Ce n'est pas un reproche, au contraire. Nous voulons simplement que tu nous dises si ces données ont varié depuis notre départ, et si c'est le cas, lesquelles et en quoi. C'est tout ! Peux-tu vérifier ça ?

— Hum... une simple comparaison de fichiers n'est pas difficile à faire, mais pour dire en quoi ils auraient varié, il faudrait que je compare entre eux un ancien et un actuel, or je n'ai pas deux versions, je n'en ai qu'une. Si cette version a changé pour une raison quelconque, la nouvelle aura effacé et remplacé l'ancienne... ça suppose que pour retrouver l'ancienne version je doive scruter le support en profondeur pour détecter les traces d'effacements parmi les fichiers fantômes, si tant est qu'ils soient encore lisibles... Un énorme boulot !... Tout ce que je peux faire dans l'immédiat c'est vérifier les dates d'enregistrements, mais je ne vois toujours pas pourquoi elles pourraient avoir changé. Vous ne soupçonnez pas un sabotage tout de même ?...

— Fais-le, c'est tout ce qu'on te demande.

— OK, je m'en occupe. Ça va demander un peu de temps parce que la bibliothèque est lourde...

*

La Terre était toujours là. Leur retour les amena à survoler la région du Nil et la curiosité les incita à jeter un œil au lieu de leurs premières rencontres. Ça avait visiblement changé depuis trente-cinq mille ans. Des constructions nombreuses formaient çà et là des villages et même des cités importantes sur les berges du majestueux fleuve. Le climat semblait avoir changé. Les forêts tropicales de leur premier voyage avaient laissé la place à une végétation plus claire, plus parsemée. Tout au bord du fleuve, à l'ombre des palmeraies sur la rive orientale, de nombreux jardins irrigués par une foule de petits canaux et de norias produisaient en quantité des légumes et des fruits de toutes sortes. Au-delà, des champs de froment s'étendaient à perte de vue. Vu de haut, le pays paraissait très prospère. Il fallait voir ces changements. Afin de ne pas perturber la vie locale, on convint d'attendre la nuit pour se poser à proximité de l'antique pyramide primordiale dont ils avaient été les bâtisseurs.

Enfin, l'astre du jour illumina la vallée. Le plateau était toujours aussi désert, plus aride peut-être, et une certaine tendance à l'ensablement sous l'action du

vent d'Ouest avait conduit à une diminution évidente
de la structure posée là quatre cent millénaires plus
tôt. C'était à peine si on en devinant encore la forme
originale. Si les eloïmes n'avaient pas su ce que c'était,
ils auraient cru à une colline naturelle. Pas une âme
qui vive à des lieues à la ronde, c'était mieux ainsi.
Tapis dans les joncs de la rive, immuables et éternels,
quelques crocodiles indolents attendaient que passât à
leur portée une proie suffisamment insouciante. Une
felouque passa au loin, sa grande voile triangulaire
gonflée de la brise matinale. D'un geste ample, les
pêcheurs lancèrent leur filet. Par chance, à leurs yeux
l'astronef se trouvait caché derrière l'ex-pyramide.
Depuis la berge, les eloïmes les observaient. Plus de
petits hommes frisés, plus de pagnes de raphia, plus
d'épieux. Une dizaine d'êtres fins et élancés, à la peau
brunie par le soleil et de cinq à six pieds de haut à ce
qu'on en pouvait juger d'aussi loin, semblaient avoir
conquis l'espace vital abandonné. Vêtus d'un tissu
enroulé autour des reins, torses nus, ils hâlaient en
cadence le lourd filet. La pêche serait bonne... Sur la
berge opposée, une petite troupe de femmes et
d'enfants se pressait maintenant à la rencontre de la
barque. Les enfants criaient en se jetant à l'eau et les
femmes enveloppées de grands tissus bariolées
faisaient des signes aux pêcheurs.

— Qui sont donc ces gens là ? s'interrogea tout haut
Mikhaïl. Ils n'ont rien de commun avec nos petits
bonshommes d'autrefois...

— C'est certain ! Ceux-là sont presque comme nous,
ils se fondraient facilement dans la foule de New-York
un jour de Saint-Patrick ! D'où peuvent-ils venir ?

— Allons le leur demander...Qui sont les plus petits
d'entre nous ? Gemael et Marion ? Hum, vous les
dépassez sans doute encore d'une bonne tête mais

bon... Essayez donc d'approcher ces pêcheurs et savoir d'où ils viennent. Mais discrètement, hein, pas de vague !

— C'est comme si c'était fait, le temps de nous équiper, dit Marion. Fais comme moi Gemael, prends un transmetteur. Comme ça, vous pourrez entendre d'ici la conversation, ajouta-t-elle à l'adresse des ses compagnons.

Rentrant à l'appareil, elle farfouilla dans la réserve à la recherche de tissus qui pourraient faire couleur locale. Ayant trouvé ce qu'elle cherchait, elle s'habilla à la manière de l'époque, glissa une oreillette dans son tube auditif et piqua un micro-émetteur discret dans un pli de son déguisement. À tout hasard, elle prit quelques feuilles d'or battu, reliquat de leur premier séjour en ce lieu, qu'elle cacha dans son sous-vêtement.

« Bah, pensa-t-elle, la culotte ne fait sans doute pas partie de la mode locale actuelle mais je ne crois pas utile de la faire voir à quiconque ! »

Elle ressortit au bout d'une demi-heure, fardée et voilée comme une indigène. Gemael était lui aussi transformé en pêcheur ou quelque chose d'approchant. Puis, descendant sur la rive, bien en vue, tous deux commencèrent à crier en direction de la felouque.

Les indigènes, en face, parurent très surpris d'apercevoir ces deux individus perdus sur la mauvaise rive, et de grands cris s'élevèrent de la berge opposée, accompagnés de force gesticulations. Après avoir semblé hésiter un moment, la felouque fit voile vers eux.

— Arouah ! Kif inti ?!... YaRa ! YaRa !...

— Qu'est-ce que ça veut dire ?... se demanda Marion se tournant vers son compagnon. Ils m'ont l'air plutôt véhéments...

— Laissons les venir, on verra bien.

— YaRa ! YaRa ! répétaient les pêcheurs, faisant de grands signes semblant les inciter à entrer dans l'eau à leur rencontre.

— Ils veulent qu'on nage vers eux, non ? J'ai l'impression qu'ils ne veulent pas venir jusqu'ici...

— Entrons dans l'eau, on verra bien. Mais pas question de nager, je ne veux pas mouiller les micros.

Le fond était en pente douce. Quelques pas dans l'eau les engagèrent jusqu'à la ceinture. Ça sembla suffire aux indigènes pour qu'ils s'avançassent jusque là. Attrapant les soi-disant naufragés qui par un bras qui par une jambe, ils les tirèrent sans ménagement sur le pont de l'embarcation et firent aussitôt demi-tour vers la rive orientale en grommelant des mots incompréhensibles... Ils n'étaient visiblement pas heureux de l'incident...

Sur la rive opposée, les femmes et les enfants accueillirent nos deux rescapés avec davantage de considération. Les femmes leur offrirent même quelques fruits et de l'eau en guise de bienvenue. Pensaient-elles qu'ils étaient affamés ou assoiffés ? Les mots devenant plus compréhensibles et le débit de paroles se calmant, la traduction simultanée de l'ordinateur commença a devenir audible. Le langage qu'ils utilisaient leur paraissait avoir des consonances connues, mixtes, une espèce de mélange où l'on retrouvait des mots de la première langue, celle des petits hommes, et d'autres, plus récents, parmi lesquels des expressions nordiques !... Proprement incroyable !

Pendant les premières minutes, Marion et Gemael s'étaient tus, laissant parler leurs hôtes et surtout laissant le temps à l'ordinateur de trouver par recoupement le sens des mots. Au bout d'une petite heure de ce silence que les sauveteurs prirent pour un moment de stupeur, courant après un choc, Marion et Gemael pouvaient enfin s'adresser aux indigènes dans un langage approximatif.

— Nous tombés à l'eau ! loin là-haut ! dit Gemael.

— Pauvres gens ! disaient les autochtones. Vous ne pouviez pas savoir, évidemment !

— Nous pas savoir quoi ? demandait Gemael, abondant dans leur sens pour mieux les pousser à l'explication.

— Terre de Ra ! Tabou ! Terre des morts, continuaient les braves gens.

Ainsi, la rive occidentale était tabou ? C'était bon à savoir. C'était même plutôt une bonne nouvelle. Personne n'irait y découvrir l'astronef.

— Vous... quelle tribu ? demandait Gemael.

— Nous sommes des Aegyptians, du peuple de Ra, nous vivons ici depuis toujours, dit une femme. Nos pères, nos grands-pères et les grands-pères de nos grands-pères...

— Notre peuple connaissait vos grands-pères, mais votre langue est différente ! ne put s'empêcher de remarquer Gemael.

— C'est vrai. Des étrangers sont venus il y a de nombreuses générations. Ils se sont mélangés à nous, ont marié nos filles et nous ont imposé leur langue et leurs dieux.

— Des étrangers ?... quels étrangers ? demanda

Marion, inquiète que ça eut pu être leur propre trace à trente millénaires de distance.

— De grands étrangers blancs, venus par la mer il y a des siècles, répondit la femme.

Marion respira. Ouf ! des siècles seulement... ces étrangers n'étaient donc pas descendants des eloïmes...

— Mais, ces étrangers... Que vous ont-ils apporté ? Sont-ils venus en paix ou par la guerre ? insista Marion.

— Ils ont apporté la guerre ! dit la femme. Nous vivions en paix ici depuis l'époque où Ra-mu vivait sur Terre. Nous n'avons pas su nous défendre. Ils sont venus et nous ont asservis très facilement avec leurs armes et leurs techniques. Depuis, nous ne sommes plus les maîtres de notre pays. Ils ont mis des tabous sur nos lieux de culte et instauré des guerriers et des espions dans chaque village. C'est pour ça que nous avons hésité à aller vous chercher sur l'autre rive. Nous n'avons pas le droit d'y poser le pied.

— Depuis l'époque où Ra-mu vivait sur Terre, dites vous ? Et qui donc est ce Ra-mu ? s'enquit à nouveau Marion.

— Vous venez d'où vous ? ! ! Ra-mu est notre dieu ! Le Dieu–Soleil, qui meurt et qui renaît chaque jour... Nos lointains ancêtres lui vouaient un culte sur le plateau d'en face, juste là où on ne peut plus aller maintenant !

— Merde alors ! s'écria Yahvel, écoutant la conversation à distance. Voilà que Raël est devenu un dieu et nous ne le savions pas !

98

Les braves gens avaient déposé les naufragés à l'entrée du bourg voisin. Là, des échoppes multicolores offraient des trésors de toutes sortes pour un touriste archéologue : tissus, poteries, outils de bronze, bijoux, baumes, etc. En femme avertie, Marion avisa l'échoppe d'un batteur d'or. Deux magnifiques colliers pectoraux étaient accrochés au mur de l'atelier, parmi les perles, les pierres et les bracelets d'or. Elle se demandait comment fonctionnait le commerce de luxe local...

— Il nous faudrait trouver des tissus locaux pour les autres, et une barque, glissa-t-elle à Gemael. On ne peut rester ici sans un moyen discret de passer de l'autre côté.

— Oui, fit Gemael, j'ai bien remarqué une boutique de tisserand à l'extrémité de la ruelle, mais pas de loueur de barque à l'horizon. De toute façon j'ai oublié ma carte de crédit ! plaisanta-t-il.

— Ha ! Ha ! Ha !... fit-elle, moqueuse. Blague à part, il faut trouver un moyen... Vous nous entendez, là bas ? adressa- t-elle à la rive d'en face.

— On vous entend cinq sur cinq. Pas mal l'idée de trouver un déguisement pour tout le monde, répondit Yahvel. Ça nous fera des vacances... Mais je suis intrigué par cette histoire d'étrangers... J'aimerais bien savoir d'où ils sortent. La mixité de leur langage actuel me fait craindre le pire... Il y a trop de phonèmes nordiques...

— Je suis bien d'accord mais pourtant, ces étrangers venus par la mer ne sont arrivés qu'il y a huit siècles. Ça ne peut pas être nos enfants nordiques, ou alors, ils sont passés par le chemin des écoliers... C'est pour ça qu'il faut enquêter un peu en se mêlant à la population, et surtout sans se faire connaître. Vous avez entendu ? La rive Ouest est tabou. Personne n'a le droit d'y aller...

— Ça nous arrange ! On pourra laisser une garde minimale. Je crois avoir la solution pour voyager d'une rive à l'autre. Un Zodiac, ça vous irait ? De nuit naturellement... et le moteur est silencieux.

— Un Zodiac à la lueur des étoiles, en somme ? Marrant ! manquerait plus qu'on soit à Denderah !... Sans blague, c'est une incongruité chronologique mais je n'ai rien d'autre pour l'instant... Va pour le Zodiac ! rendez-vous à minuit. Ça nous laisse l'après-midi pour farfouiller les échoppes. Je vais en profiter pour passer au supermarché du coin ! À plus !

*

Encore une légende qui s'envolait ; contre tout enseignement académique, les égyptiens connaissaient la roue... Ils ne s'en servaient pas par simple crainte superstitieuse, c'était un des nombreux tabous imposés par l'envahisseur. Marion et Gemael avaient donc trouvé un traîneau à échanger. Pour trois feuilles d'or et demi, l'homme avait accepté de vendre son âne avec. Pas son âme mais presque, tant il avait marchandé, mais bah ! on avait un moyen local et discret pour transporter les denrées et tissus qu'avait pu trouver les deux intrus eloïmes. La nuit venue, ils s'étaient rendus avec leur chargement au bord du fleuve, un peu en amont du bourg.

— Hello ! Vous m'entendez ?

— Parfaitement Marion ! Où êtes-vous ?

100

— Trois kilomètres en amont du bourg.

— On arrive !

Le Zodiac glissa dans la nuit jusqu'à la berge orientale. Sans bruit ni aucune lumière, un fantôme plat s'amarra bientôt à la berge.

— Personne dans les environs ?

— Personne à ma connaissance. R.A.S.

On chargea les victuailles et les tissus. On reviendrait demain de très bonne heure, avant le lever du jour...

*

Le lendemain, l'équipage pratiquement au complet, une douzaine d'ombres débarquaient sur la rive Est du Nil. Il faisait encore nuit, seule la lune éclairait les eaux sombres du fleuve, faisait miroiter les sillons éphémères laissés par le hors-bord.

— Vous êtes là ?

— Oui, ici !... chut !

— Ça me rappelle l'entraînement à la base. Il y a une éternité que je n'ai pas joué à cache-cache ! plaisanta Mikhaïl.

— Oui, ben oublie ça !... ici on ne rit plus ! trancha Yahvel. Nous sommes incognito et devons le rester... Vos gueules !

— Qui est l'ennemi ?

— Pas encore identifié. Tout ce qu'on sait, c'est qu'il a des espions dans chaque village. Tâchons de ne pas nous faire remarquer. Il va falloir se diviser par petits

101

groupes pour faire plus discret. Trois par trois. Un groupe avec Mikhaïl, un avec Marion – quoi, Thor ?... oui bien sûr avec Marion –, un groupe avec Raël et un avec moi. Vous avez tous de quoi payer en feuilles d'or, si toutefois vous avez besoin d'acheter quelque chose ? OK. Rendez-vous ici ce soir. Restez branché en permanence au cas où, qu'on sache où vous récupérer... Bonne chasse !

L'équipe se dispersa rapidement, arrivant au bourg les uns après les autres, discrètement, à l'heure où le soleil se levait. C'était apparemment jour de marché, une foule de gens arrivait en même temps qu'eux, ça allait faciliter leur intrusion. Il n'est pas évident de passer inaperçu quand on mesure en moyenne plus d'un mètre quatre-vingt et que la moyenne des indigènes ne dépasse pas le mètre soixante- cinq...

Le bourg n'était pas énorme mais comptait bien ses deux à trois mille âmes les jours de marché. Sur la place centrale une estrade était dressée et une foule de chalands se pressait autour. Au centre, deux ou trois aboyeurs gueulaient après quelques malheureux enchaînés en attendant l'ouverture des enchères...

— Des esclaves ! ce sont des esclaves ! s'émut Marion à voix basse.

— Des prisonniers de guerre, peut-être ? hasarda Thor.

— M'étonnerait ! Ils n'ont pas l'air de guerriers. Plutôt des jeunes, et il y a des femmes aussi, regarde !

— Oui. Quelle tristesse ! Mais on ne peut rien y faire, n'est- ce pas ?

— Non, on ne doit pas interférer. Et c'est bien dommage ! J'ai une de ces envies de te foutre le bordel dans cet étalage de viande sur pied, moi !

— Du calme, Marion ! intervint Yahvel dans son oreillette, on n'est pas là pour ça...

— Je sais. Mettons-nous un peu plus loin Thor, et regarde autour de toi si tu vois des individus qui observent la foule...

— J'en ai déjà repéré un : le grand type, là, avec un bonnet noir. Il a l'air de s'intéresser fortement à nos amis du groupe de Mikhaïl, face à lui, de l'autre côté de l'estrade...

— En effet ! Il les observe. Hum... c'est vrai qu'ils attirent l'attention avec leur grande taille et leurs cheveux blonds. Tiens ! le type aussi est blond sous sa capuche...

— Et son voisin également sous son turban !

— J'aimerais bien écouter ce qu'il se racontent, ces deux là. Approchons nous un peu...

Se faufilant à travers la foule impatiente des enchères, ils s'approchèrent suffisamment pour entendre sans se faire repérer. Les deux hommes parlaient à mi-voix, dans une langue différente de celle apprise la veille de leurs sauveteurs. Thor tendit l'oreille et déchiffra quelques mots.

— Ils parlent la langue de nos voisins les vikings ! s'écria-t-il, tout étonné.

En quelques minutes l'ordinateur de bord lui aussi en avait repéré la racine sémantique. C'était un dialecte nordique rappelant fortement le finnois moderne.

— ...des blonds qui parlent finnois !... des vikings ?! ... en pleine préhistoire égyptienne !... Qu'est-ce que ça signifie ? se demanda Marion... Et de quoi parlent-ils ?

Le traducteur distant lui répondit dans l'oreillette :

« Ils parlent des autres blonds en face d'eux mais qu'ils ne connaissent pas... »

— C'est bien ce que je soupçonnais, dit Marion. Ils s'intéressent à notre équipe !... Yahvel ! tu m'entends ? ... le groupe de Mikhaïl est repéré ! Qu'ils quittent la place !

L'instant suivant, Mikhaïl et ses compagnons s'éloignaient en flânant, l'air de rien, faisant mine de s'intéresser aux étalages présentant tissus et vaisselles sur les tréteaux qui se montaient un peu partout autour de l'estrade centrale à mesure qu'avançait la matinée... Les deux hommes blonds en firent autant. Du coup, Marion et ses compagnons se mirent à leur tour à coller discrètement aux talons des deux espions...

Au bout d'un moment, tandis que l'un continuait à filer Mikhaïl et son groupe, l'autre se dirigea vers un bâtiment important, un genre de poste de police sans doute, puisqu'il était gardé par ce qui ressemblait à un soldat, lance à la main devant la porte. Quelques ordres brefs, et une escouade en sortit en courant, se dirigeant droit vers les eloïmes repérés. À faible distance, Marion et ses compagnons se collèrent au mur le plus proche...

— Alerte ! Alerte ! des soldats interceptent Mikhaïl ! cria Marion dans son micro. Que fait-on ?...

— Rien ! laissez faire pour l'instant, attendons la suite ! répondit Yahvel.

— Voilà bien la meilleure ! des astronautes américains arrêtés par la police égyptienne en 5010 avant J.C. !... Quel titre accrocheur pour le Washington Post !

*

La pièce était sombre et sale, comme dans de nombreux commissariats de l'histoire, et l'officier avait l'air inquiétant. Il s'adressa aux grands étrangers qu'il avait fait agenouiller face à lui.

— Qui êtes vous ? et que venez-vous faire ici ?

— Nous sommes des marchands, répondit Mikhaïl. Nous venons du Nord, d'au-delà de la mer. Nous cherchons à acheter des esclaves et on nous a dit qu'il y en avait beaucoup par ici...

— Des marchands, hein ?... admettons !... Et de quel pays venez-vous exactement ?...

À défaut de connaître la géographie de l'époque, Mikhaïl se dit qu'il valait mieux bluffer, donner le nom d'un pays lointain inconnu du soldat. Il n'osa pas dire d'Amérique pour ne pas faire éclater de rire ses compagnons... Il annonça :

— D'Hyperborée, très loin d'ici au Nord, dans les glaces... Écartant son manteau de tissu bariolé, Mikhaïl montra l'insigne sur le T-shirt de l'USS ELOÏ, un triangle avec un œil central. À sa vue, l'officier blêmit, écarquillant des yeux ronds !

— D'Hyperborée ? Vous venez d'Hyperborée ! ! !...

Son attitude changea d'un coup. Il se jeta à plat ventre devant Mikhaïl.

— Soyez les bienvenus, Seigneurs ! Ce royaume est le vôtre ! Relevez-vous et pardonnez-nous, nous ne pouvions pas savoir...

Il appela aussitôt un esclave :

— Qu'on serve immédiatement l'hydromel et tous les fruits dont nous disposons ! Ces seigneurs sont nos hôtes ! Avez-vous faim, Seigneurs ? Voulez-vous des femmes ? de la bière ou du vin ? des jongleurs ? des danseuses ?...

— Rien de tout cela, officier. Nous nous contenterons d'un peu d'eau pure, merci ! conclut Mikhaïl ébahi par la tournure subite de l'événement si mal entamé.

À l'extérieur, l'équipage de l'USS suivait en phonie le déroulement des choses. Ils ne furent pas moins surpris. Yahvel souffla à destination de l'oreillette de Mikhaïl.

— Il a l'air impressionné, profites-en ! Dis-lui que nous sommes nombreux ici en tournée d'inspection des royaumes...

Mikhaïl s'éxécuta :

— Tranquillisez-vous, officier ! Vous n'êtes pas en faute, vous faites votre métier et cet incident n'aura pas de suite. Cependant, puisque le nom d'Hyperborée est si respecté de vous, et afin de vous éviter d'autre bévues, je peux bien vous dire la vérité : nous ne sommes pas des marchands mais des envoyés spéciaux. Nous sommes quelques-uns ici parmi vous, pas seulement nous trois. Hyperborée a décidé d'envoyer une équipe d'inspection dans ces territoires, et il y a d'autres envoyés là dehors...

— Mais qu'ils soient les bienvenus aussi ! Donnez-moi vos ordres Seigneur !

— Naturellement, je compte sur votre totale discrétion. Nous avons entendu dire que le nom d'Hyperborée n'était pas aussi respecté partout qu'il l'est de vous...C'est la raison de notre venue incognito...

— Naturellement ! Je comprends... Alors, comme ça, la Terre-Mère se préoccupe enfin de nous ?... Ce n'est pas trop tôt, savez-vous ! Voilà des siècles et même plus que nous attendions à une pareille reprise en main de sa part. Je l'appelais de mes vœux sans trop oser y croire encore, depuis le temps... Beaucoup finissaient même par penser que toutes ces légendes n'étaient que des contes pour enfants... Vraiment, je ne saurais vous dire combien ça me fait plaisir...

À l'extérieur, Yahvel sursauta :

— Hyperborée, la « Terre-Mère » de ces gens ?... je crains de comprendre... Que diable s'est-il passé depuis notre dernière visite sur Terre ?...

L'officier continuait :

— Je savais bien qu'un jour viendrait où la Mère-Patrie nous ferait signe... On nous a dit qu'elle avait disparu lors du grand déluge... ça n'est donc pas vrai n'est-ce pas, puisque vous êtes là ?...

— C'est plus compliqué que ça, inventa Mikhaïl, faisant appel à ses vieux souvenirs d'études des mythologies. La Mère-Patrie a en effet disparu sous les flots, mais pas tous ses habitants ni leur savoir... Nous avions installé une autre ville, beaucoup plus loin dans les flancs d'un ancien volcan, à l'abri de toute secousse de surface. Nous l'avons nommée Shamballa, celle-là a résisté à l'inondation comme aux tremblements de terre, et nous y sommes toujours. Malheureusement, à la suite des secousses, certains passages ont été comblés et il nous a fallu quelque temps avant de revenir au jour. Depuis, nous avons voyagé et suivi vos traces de conquêtes en conquêtes... Maintenant, nous faisons l'inventaire de nos états et des colonies installées par notre peuple. Faites-nous donc un résumé...

L'officier reprit :

— Ça remonte à loin, alors !... D'après nos légendes, après que l'océan ait bouilli, produisant le grand déluge, la glace a commencé à regagner du terrain et nombre d'entre nous sont partis sur les mers. On a ainsi découvert et conquis beaucoup de terres nouvelles tout autour du cercle polaire puis beaucoup plus bas. Souvent un peuple les habitait déjà. Nous le chassions ou le soumettions par les armes quand il était hostile, ou nous mêlions à lui lorsqu'il était pacifique, mais c'était rare... La plupart de ceux qui l'ont fait sont morts ! Non que nous les ayons tous tués mais, étrangement, les tribus se sont éteintes toutes seules chaque fois que des nôtres ont pris femmes chez eux. Nos expéditions sont allées partout autour de la Terre, progressant de quelques centaines de lieues à chaque génération. Pour finir, nous sommes arrivés d'Asie par le Bosphore où nous avons retrouvés certains de nos frères installés en Phrygie depuis des millénaires. Nous avons préféré nous établir sur une île. Depuis que notre peuple est arrivé en Crête, il y a maintenant plus de mille ans, nous avons parcouru cette mer en tous sens et installé des comptoirs tout autour. L'Égypte était le dernier en date. Voilà ! Avez-vous déjà visité Cydonia ? Tyr ? Babylone ou Ur ? De grandes cités, vous pouvez me croire ! Ici, ça n'en est pas encore à ce point...

— Je vous crois, je vous crois, mon ami ! J'en ai entendu parler... répondit pensivement Mikhaïl...

*

Gabriel avait eu du mal à scanner l'ensemble des

supports de la bibliothèque. Des milliers de volumes encyclopédiques où se croisaient d'une page à l'autre des millions d'hyperliens avaient été scrutés par son programme de vérification-récupération de données. Au bout du compte, aucun fichier n'avait changé de date d'enregistrement mais pourtant des différences de contenus apparaissaient nettement dans certains d'entre eux, selon la profondeur de la récupération et la date sélectionnée pour la faire...

— Étonnant ! pensa Gabriel, c'est comme si les caractères s'étaient substitués les uns aux autres à l'intérieur des fichiers sans même qu'ils aient été ouverts... Je n'ai jamais vu ça en informatique ! Un virus aurait tout simplement délayé les octets, il ne se serait pas donné le mal de les remplacer !...

— Et quels sont les différences entre les versions récupérées ? demanda Yahvel.

— Je n'ai pas tout comparé encore. Par rapport au peu que j'ai lu, il semble que ça porte surtout sur les textes mythologiques, sur les légendes nordiques notamment, mais aussi sur quelques connaissances scientifiques qui paraissent survenir plus tôt dans l'histoire... En fait, il y a deux séries de changements essentiels, nettement marquées en deux périodes. La première s'étale sur les dix dernières années et porte sur des portions de la préhistoire. L'autre est beaucoup plus importante, elle date de quelque mois et porte sur une foule de détails dans les derniers millénaires...

— Ça confirme pleinement ce que nous craignions avec Marion ! Nous avons changé le passé !... dévié le cours de l'histoire !... Peste ! Il fallait que ça m'arrive à moi !

— Les enfants, ça se complique ! L'intrusion de Vikings dans l'histoire de la Haute Égypte n'était pas prévue par notre programme initial, pas plus en tant qu'ancêtres des phéniciens ou des crétois. Il semble que nous ayons infléchi le cours naturel des choses en abandonnant ces trois enfants chez les Thots... Il est évident maintenant que ces derniers ont conquis le monde nordique puis déferlé sur les peuples du Sud... Jamais dans nos manuels scolaires il n'a été fait mention de Vikings, ici en Égypte ! Nous allons devoir rectifier le tir. Ça signifie que nous devrons retourner dans ce passé pour effectuer cette correction.

— Un moment, Yahvel ! dit Raël... Après tout, que savons-nous des débuts de la civilisation égyptienne ? ou crétoise ? Pas grand-chose... Ce qu'on connaît des plus anciennes dynasties de pharaons ne remonte pas plus loin que le 5e millénaire avant J.C. C'est juste un peu après le temps où nous sommes actuellement... Le reste, on le "suppose" dans un flou artistiquement entretenu par les historiens... Qu'est-ce qui te rend si sûr que jamais les Vikings ne sont venus ici avant ? Qu'est-ce qui aurait pu les en empêcher ? Et d'abord, sont-ce des vikings ? Peut-être sont-ils ceux qu'on a appelés les Celtes ? L'absence de traces dans nos manuels académiques ne signifie rien. Peut-être nos illustres archéologues ne les avaient-ils pas vues tout simplement, ou peut-être n'ont-ils pas faits les rapprochements nécessaires... Les Uighurs, les Danubiens ou encore les peuples proto-américains sont aussi des énigmes historiques. Et puis, qu'est-ce que quelques siècles au regard des millénaires ? L'origine de cette civilisation égyptienne est restée très mystérieuse... Elle est pourtant bien née de quelque chose ! Certains sont même allés jusqu'à parler d'extra-terrestres !...

— Il y a toujours eu des cinglés sur Terre ! Dans ces conditions, pourquoi pas des initiateurs E.T. en effet ? ... Et moi je suis le pape ! ajouta Yahvel.

— Hé ! Hé !... le pape... Pas bête ! Après tout, plutôt que vouloir rectifier le passé, pourquoi ne pas s'y conformer ? susurra Marion.

— S'y conformer ? Que veux-tu dire ?

— Eh bien, si je résume, la situation est la suivante : nous avons interféré une première fois en réalisant une pyramide ici même, au pays des pyramides par excellence, et même instauré à l'époque une religion du soleil dirigée par Raël qui semble avoir perduré... C'était pure inconscience de notre part !... Plus tard, nous avons installé une base arctique que nous avons sans malice nommée Hyperborée... Or, que voyons-nous aujourd'hui ? Les enfants de cette base ont parcouru les territoires arctiques et, en grands voyageurs qu'ils étaient déjà, mettant à profit la science qu'on leur avait laissée dans leur programme d'éducation, ils ont essaimé sur le reste du monde... Je ne serais pas autrement étonnée d'en retrouver des traces jusqu'en Amérique ou même plus loin !... N'oubliez pas qu'au 3e millénaire, nous n'avons toujours pas résolu la question de la fameuse carte de Piri Reis montrant le Groenland et le continent Antarctique découverts par les glaces !... Comment pouvaient-ils en avoir eu connaissance alors que la dernière glaciation remonte à 18 000 ans avant NOTRE époque ?... De même, nous savons avec certitude que des expéditions Vikings ont laissé des traces de campements tout au long de la côte Est américaine et jusqu'en Amérique du Sud, et ceci fort longtemps avant Colomb !...

— D'accord ! je sais tout ça mais ça mène où, ce long préambule ?

— Je veux dire simplement que ce que nous avons appris dans nos programmes scolaires résume parfaitement ce que nous vivons actuellement. Ce qui n'y figure pas correspond tout bêtement à ce qui n'a jamais été expliqué. Il n'y a pas besoin de rectifier quoi que ce soit. Il nous suffit ''d'accompagner'' le mouvement civilisateur et de canaliser les évolutions futures... Ainsi, ce qui fut sera, et ce qui était mystérieux restera mystérieux, SAUF POUR NOUS bien sûr !...

Un sifflement d'admiration salua le discours de Marion.

— Ambitieux programme, Marion ! mais ça va faire de nous les dieux de la Bible, cette affaire-là !

— Des helohims, oui, dit Marion, c'est le risque, et alors ?... En est-ce bien un ?... Il suffit qu'on fasse exactement la même chose que ce qui est dit dans ce livre, qu'on se calque sur le passé pour s'y confondre, et personne n'y verra jamais rien !... D'ailleurs, tu t'appelles Yahvel ! À peine besoin de changer ton patronyme ! C'est un signe non ?

— Dites donc ! fit Gabriel, c'est étrange les coïncidences, non ?... hélohims-eloïmes... vous vous rendez compte ?

— Oui, et Raël ferait un superbe dieu Ra pour les égyptiens !

— Et Thor pour les nordiques !

— Je vous l'avais bien dit, fit Thor, que je deviendrais un dieu comme vous !

— Ouais ! eh bien, revenez sur terre ! fit Yahvel. En

attendant, il faut qu'on fasse le plein à nouveau et qu'on visite un peu le reste du monde pour vérifier au minimum si Marion a raison... Il faut tout de même que les choses soient plausibles. J'ai beau m'appeler Yahvel, je n'ai jamais crée Adam et Eve, et on ne va pas refaire l'histoire du monde !

— Pas besoin. Le monde existe déjà et la Genèse ne sera seulement écrite que dans trois millénaires par Moïse, pas loin d'ici d'ailleurs...

— Et il écrira ce qu'on lui dira ! ironisa Raël.

— Vous me faites peur, tous autant que vous êtes ! Vous rendez-vous compte que l'on parle de l'avenir du monde ?

— Oui, oui ! justement ! N'y touchons pas, et épousons-le ! c'est le meilleur moyen de n'y rien changer...

— Bon ! constata Yahvel, si vous êtes tous d'accord contre moi... je m'incline ! On fait comme ça.

*

Au-dessus des Andes, un certain nombre de surprises attendait les eloïmes. En de nombreux endroits des cités importantes, et qui paraissaient prospères vues de haut, étendaient leurs temples au soleil comme des offrandes. Un peu plus loin d'immenses droites et des dessins animaliers magnifiques exposaient sur un plateau aride leurs lignes épurées comme de l'art moderne. Elles formaient un entrecroisement touffu, laissant apparaître de vastes espaces délimités qui auraient pu passer aux yeux des astronautes pour des pistes d'aéroport en leur époque d'origine, mais là, il ne pouvait s'agir de pistes...

— Qu'est-ce que c'est que ça ? fit Gemael.

— Ce sont les pistes de Nazca ! répondit Mikhaïl. Encore un truc dont on n'a toujours aucune idée de l'usage à notre époque !

L'USS perdit de la hauteur. On repéra pour se poser une petite île dépourvue de végétation. Marion descendit la première. Le soleil était haut, la chaleur torride, l'endroit était magnifique au milieu d'un lac aux eaux transparentes, elle eu envie de s'y baigner. Se déshabillant tranquillement dans les herbes hautes elle entra dans l'eau fraîche et limpide. Une luminosité éblouissante inondait la nature de rayons dorés, l'USS ELOÏ brillait de mille feux. Au loin, sur la berge du lac, des joncs s'écartèrent prudemment... Une poignée d'indiens observaient l'étrange apparition descendue du ciel...

— Viracocha ! c'est Viracocha ! dit à voix basse un indien.

Et le petit groupe, mort de peur, s'enfuit à travers les roseaux...

Le mouvement n'avait pas échappé aux scanners de l'appareil.

— On nous observe ! dit Mikhaïl... un groupe d'indiens sur la rive d'en face.

— Sont-ils nombreux ?

— Trois ou quatre, pas plus. Ils détalent à toutes jambes maintenant. On a du leur foutre une trouille bleue.

— Envoie le drone et surveille un peu où ils se rendent.

Le drone était un petit appareil de surveillance automatique télécommandé, une espèce de gros œil lévitant jusqu'à cent pieds de haut et se déplaçant jusqu'à quelques kilomètres aux environs. Il permettait d'avoir une vision à 360° sans avoir besoin de faire décoller l'USS.

— Hé ! hé ! mais regardez moi ça !... notre Marion en tenue d'Ève ! Ça vaut le coup d'œil... Eh Thor ! sacré verni ! tu ne dois pas t'ennuyer hein ?

— Oui, bon, ça va, ça va, tas de voyeurs ! gronda Yahvel. Elle n'a rien vu et ces gens vont sûrement revenir, rappelle-la avant que n'arrive un incident...

Les indigènes avaient repris un peu leur souffle en arrivant aux abords d'un village. La retransmission vidéo du drone montra qu'ils ameutaient leurs concitoyens pour leur conter leur incroyable vision. Quelques minutes plus tard, ils arrivaient par centaines sur la rive du lac, hésitants tout d'abord, puis s'enhardissant jusqu'à monter sur des radeaux de joncs de fabrication locale et à pagayer vers l'île.

— Qu'est-ce qu'on fait ? demanda Marion à peine rhabillée.

— Hum... ils n'ont pas l'air agressifs... on attend qu'ils arrivent, dit Yahvel. Il faut bien prendre contact puisqu'on a décidé de jouer les dieux !... Ramène le drone, Mikhaïl. Fais un survol basse altitude de ces marins d'eau douce !

Le drone descendit jusqu'à raser les arbres, les indigènes levèrent la tête. Un œuf se promenait au-dessus d'eux, et son œil central les observait... Ils eurent un moment de flottement, puis, quelques ordres brefs furent lancés par celui qui semblait être le chef. Sur la berge, un homme courut vers le village.

Quelques minutes plus tard...

— Dites moi que je rêve ! fit Mikhaïl, l'œil rivé à l'écran central. Vous voyez ce que je vois ?

— Merde alors ! c'est quoi ce truc ? un tapis volant ?!

— Non, on dirait plutôt un bouclier volant. Un genre de grosse assiette avec un type dessus !

Une image en gros plan, surréaliste, apparaissait sur la vidéo du drone : un homme enturbanné de plumes scrutait la lentille de l'œil volant, le touchant même du bout des doigts, le tout à 30 mètres de hauteur. De l'autre main il frottait tranquillement le rebord de son bouclier volant avec un genre d'archet, le faisant vibrer comme une cymbale et le dirigeant à loisir sans qu'aucune autre forme de propulsion ne semble nécessaire... Incroyable !

— Vous le voyez aussi ? Ce n'est donc pas une hallucination de ma part ?

— Non, non, Mikhaïl, je le vois... Je le vois, mais je ne parviens pas à le croire !... Rappelle-moi en quel temps nous sommes ?

— En 5010 avant J.C. !

*

Les indiens avaient abordé l'île en toute tranquillité. L'équipage était descendu à leur rencontre, mais on avait tout de même fermé les portes de la soute par précaution et Gemael était resté à l'intérieur. L'homme au bouclier volant s'était posé comme une fleur à côté d'eux. L'heure était maintenant aux palabres...

— Salut à vous, hommes des montagnes !

— Hugh ! fit le chef en levant la main. Puis il s'assit tranquillement par terre, en tailleur.

Yahvel en fit autant. L'équipage derrière lui l'imita.

Une demi-douzaine d'indiens les encerclèrent aussitôt, portant des fruits et des pots de grès emplis d'un liquide odorant de couleur bizarre qu'ils versèrent dans une petite vasque. Ils organisaient sans doute un cocktail de bienvenue ?

Le breuvage servi, le chef but et passa la coupe à celui qu'il devinait être son homologue.

— Heu... Je dois boire ce machin là, moi ? hésita Yahvel.

— Il me semble... Ce serait faire un affront que refuser !

souffla Marion.

— Bon, allons-y ! Pourquoi faut-il que ce soit toujours moi qui me sacrifie dans ces cas-là ? !

— C'est le privilège des chefs ! plaisanta Marion.

Le breuvage s'avéra une espèce de bière de manioc fermentée, pas mauvaise, mais très forte. « Si c'est ce que je pense, il sera toujours temps de lui dire que les femmes indiennes fabriquent le caouïn en crachant dedans » se dit Marion amusée. Mais Yahvel l'ignorait alors, et c'était tant mieux. Le récipient passa de main en main à tous les participants mâles, indiens comme eloïmes. « Ouf ! j'aurai toujours échappé à ça ! », se réjouit-elle.

Quand la coupe eut fait le tour de l'assemblée, le chef sortit un long tuyau de sa ceinture et se mit en devoir de l'allumer.

« Allons bon, voilà le calumet maintenant ! pensa Yahvel, jetant un regard suppliant à ses collègues. Il ne me sera rien épargné décidément ! »

Marion étouffait le fou rire qui la gagnait, n'osant pas regarder ses amis de peur de la contagion...

Quelques bouffées plus tard consciencieusement envoyées aux quatre points cardinaux, le chef reposa cérémonieusement la pipe sur ses genoux. La discussion allait pouvoir enfin commencer !...

Très vite les traducteurs indiquèrent que ce langage était un mélange d'Aymara principalement, avec quelques mots de... chinois, et d'autres... finnois !

— Décidément ! je crois que beaucoup de nos thèses établies sont à réviser ! émit Mikhaïl.

La discussion put enfin se tenir et l'on apprit que ces indiens, des Aymaras donc, étaient établis depuis de nombreuses générations sur les rives du lac Titicaca et jusqu'au Pacifique. C'est d'ailleurs du Pacifique qu'étaient venus quelques millénaires plus tôt des navigateurs. Selon les indiens, ils arrivaient d'un grand continent au-delà de l'océan et comprenaient des gens de couleurs différentes, certains avec, comme eux, des cheveux noirs tressés et les yeux bridés, et d'autres avec des cheveux jaunes comme le soleil, les yeux bleus et de longs nez. Ils étaient restés quelques générations puis étaient partis plus loin vers le Nord fonder d'autres villes. Les indiens confirmèrent la survenance d'un grand cataclysme marin quelques millénaires plus tôt. Ce déluge d'eau ne les avait touchés que modérément mais il s'était accompagné d'un formidable tremblement de terre. Les volcans étaient entrés en éruption et leurs montagnes s'étaient élevées subitement de plusieurs centaines de mètres. Nombre de ports installés par les étrangers en bordure du Pacifique s'étaient retrouvés en jardins suspendus, des glissements de terrain avaient envoyé les autres au fond de l'océan. C'est alors que les étrangers les avaient quittés pour aller plus loin. C'étaient des gens qui construisaient des villes de pierre, le domaine des Aymaras aux abords du lac ne les intéressait pas, le terrain était trop instable, disaient-ils. Ils voulaient un endroit pour dresser un grand temple en forme de pyramide...

— Une pyramide ici dans les Andes et à cette époque ? s'interrogea Marion. Ce ne peut être que Chavin. Personne n'aurait imaginé qu'elle fut si ancienne !

Les Aymaras n'avaient jamais revus les étrangers sauf occasionnellement lorsqu'ils se mirent en tête de construire une route tout le long de la montagne jusqu'à la pointe du monde...

— La route de l'Inca ?... Elle serait donc beaucoup plus ancienne que les Incas eux-mêmes ! songea Marion... À quels dieux croyaient donc ces hommes ? demanda-t-elle.

— Ils vénéraient le Soleil. Ils ont dressé un temple pas très loin d'ici avec une grande porte qui lui est consacrée...

— Tihuanaco ! pensa Marion.

— ...mais aussi la Terre. Ils avaient d'ailleurs un emblème comme le vôtre, ajouta le chef, montrant le caducée de Marion.

— Un serpent ?

— C'est ça ! un serpent à plumes... bien plus gros que le vôtre et qui crachait du feu...

— Un dragon en fait, pensa Marion. Des vikings et des chinois débarquent ici au 9e ou 10e millénaire avant J.C. et y importent le culte du serpent tellurique ou dragon chinois, lequel présidera dans trois mille ans à l'acupuncture !... J'ai bien fait de venir ! Quel toubib ne ferait pas le voyage pour apprendre ça !

— Mais une chose m'intrigue, demanda Yahvel. D'où vous vient ce bouclier ?

— Le bouclier volant ? Ce sont eux qui l'ont apporté il y a longtemps. Ils l'ont oublié ici mais seul notre chaman sait encore le faire voler. De leur temps, il y en avait beaucoup ici. Ils s'en servaient pour faire des dessins sur la montagne, loin par là ! indiqua-t-il en montrant la direction de Nazca...

— Pourrais-je l'examiner ? demanda encore Yahvel.

— Oui mais juste le regarder. Seul le chaman peut le toucher, c'est un objet sacré !

— Mais nous sommes des dieux, grand chef ! Notre char volant n'est-il pas bien plus grand que celui-ci...

— Hum... Il faut négocier avec le chaman alors... Si vous le battez, si vos pouvoirs sont plus grands, peut-être acceptera-t-il de vous laisser le toucher ?...

*

Le chaman avait d'abord fait la moue à l'idée d'une telle compétition. Il craignait de perdre de son influence sur ses ouailles en cas de défaite face à ces dieux inconnus. Mais la perspective de faire un tour dans leur immense bouclier volant l'avait finalement tenté. Il avait accepté le défi.

C'était Thor qui avait été choisi par l'équipage pour le relever. Ce compagnon avait prouvé son héroïsme et sa capacité d'adaptation aux circonstances. De plus, il avait déjà quelque avantage certain comparativement à tout autre homme à bord : lui était un authentique chaman !

L'indien attaqua sa démonstration par un tour de passe-passe digne d'un illusionniste de music-hall : sa propre disparition dans un écran de fumée. Thor ne se laissa pas impressionner. Il enchaîna par une illusion suggestive relevant de l'hypnose collective qui fit apparaître dix Thor en de multiples endroits en même temps. Les eloïmes furent très étonnés. Les indiens aussi. Leur héraut réapparu fit alors tournoyer son bâton dans les airs. Quand il retomba à terre, c'était un dangereux serpent qui menaçait les eloïmes... Thor ne se démonta pas et, prenant son marteau à long manche, il aplatit le serpent d'un seul coup... Ne resta à terre qu'un bâton de chaman brisé.

Deux à zéro.

Le magicien indien ne voulait pas se laisser humilier de la sorte. Sortant une flûte de son havresac, il entama alors une lente mélopée... Les indiens se mirent à danser. Au bout de quelques minutes, la pluie arriva, intempestive et drue, particulièrement inattendue en cette saison et à cette altitude...

Thor ne savait pas quoi faire pour répondre à ce défi. Il regardait ses compagnons d'un air éploré, visiblement défait, impuissant devant ce miracle.

— Chante Thor ! lui souffla Marion.

Il chanta. N'importe quoi, une berceuse de son enfance qui lui passait par la tête.

Marion fit signe discrètement à Gemael, dans

l'appareil, de mettre en marche les moteurs ioniques de l'USS. Silencieusement, dans l'air sec du haut plateau, une enveloppe ionisée se forma autour de l'USS, assez épaisse pour que l'équipage entier s'y abrite. C'était le seul endroit où la pluie ne tombait pas. Marion attrapa le chef et le chaman indiens par le bras et les invita du geste à venir s'abriter sous... rien ! Les indiens éclatèrent de rire.

Trois zéro ! L'honneur de Thor était sauf et la partie gagnée.

*

Le bouclier volant était en fait un grand plat, comme une grande assiette qui aurait parfaitement mérité l'appellation de « soucoupe volante ». Sans aucune particularité apparente, en métal doré assez pâle et brillant mais très rigide et bien différent de l'or, parfaitement circulaire, le centre un peu plus épais et les bords légèrement relevés rappelant une cymbale d'orchestre, sa décoration faisait apparaître au centre un personnage stylisé coiffé d'un casque d'où partaient quelques autres lignes de décor. Rien de très significatif... Par contre, son extrême légèreté en faisait un objet exceptionnel. On chercha à le peser, mais impossible ! La balance électronique n'affichait jamais le même poids, comme si elle hésitait, à plusieurs reprises elle afficha même un poids nul ou négatif ! C'était du jamais vu ! On se rendit compte assez vite que la manière dont on posait l'objet sur la balance comptait plus que le poids de l'objet lui-même... Si on le posait doucement, il accusait un poids de quelques centaines de grammes à un peu plus d'un kilo. Mais si on le posait rudement, voire en le cognant un peu ou en l'effleurant, il réagissait en accusant un poids bien moindre...

Le chaman montra alors que l'objet de leur curiosité n'était pas un simple objet de métal travaillé mais un véritable instrument à planer au sens musical du terme... Sortant de sa ceinture un petit arc tendu de soies qui lui servait d'archet, il le frotta sur la bordure du disque. Faisant vibrer l'air, un arpège de sonorités pleines d'harmoniques s'éleva en même temps que le bouclier qui le produisait. L'artefact était sensible « à sa propre musique » !... C'était incompréhensible ! Les astronautes étaient sidérés.

— Il faudrait l'analyser chimiquement, ce métal, dit Mikhaïl.

— Je suis parfaitement d'accord avec toi, mais comment en prélever un échantillon sans l'abîmer ?

— Analyse spectrométrique, je ne vois que ça, suggéra Mikhaïl. Pas besoin d'en prélever un morceau, le bouclier est extra-plat, il suffira d'en mettre le bord sous le microscope à balayage électronique. Ça ne l'abîmera pas et on saura enfin ce qu'il a dans le ventre !

On porta l'engin au laboratoire. Le chaman indien suivit son bien, l'œil suspicieux, et le chef lui emboîta le pas. Quelle surprise pour eux en pénétrant dans la gigantesque machine volante ! Des clignotants partout leur faisaient de l'œil !... des écrans holographiques faisaient défiler d'interminables rangées de signes dans de longues séquences de calculs... D'autres leur renvoyaient leur propre image !... Un frisson de terreur parcourut l'échine des deux hommes. On tenta maladroitement de les rassurer en leur faisant toucher du doigt leurs propres hologrammes... Ce fut encore pire quand ils passèrent la main au travers !... Enfin, on leur expliqua que ces choses ne leur volaient pas leur âme mais renvoyaient simplement leur image comme un reflet dans l'eau, et que cela n'amputait en rien ni leur avenir sur Terre ni leur vie future dans les terrains de chasse des ancêtres... Si le chaman fut rasséréné, le chef ne parut que moyennement convaincu...

L'écran du microscope à balayage montra une structure moléculaire complètement inconnue, une cristallisation pentagonale... inexistante dans la nature !

— Qu'est-ce que c'est que ce truc là ? ! Jamais vu un métal comme ça ! s'exclama Gemael. Je donnerais bien la solde de ma vie entière pour en connaître le secret de fabrication !

— Et moi donc ! confirma Yahvel. Comment ont-ils pu fabriquer ça ? À partir de quel minerai ?... Chef, dites moi donc s'il vous plaît, comment s'appelle ce métal ?

— Orichalque. Son nom est Orichalque. Un métal sacré que seuls savaient forger les étrangers...

— L'Orichalque ?... Le métal mythique des anciens amérindiens ! s'exclama Gemael.

— Oui, et qui ne serait pas une invention des indiens ni d'une quelconque intervention divine ou extra-terrestre, mais bien de nos propres enfants ! constata Mikhaïl. Il y a de quoi révolutionner l'industrie du 3ᵉ millénaire ! Sans compter que ce truc vaudrait une fortune en notre temps ! Bien plus que de l'or ou de l'uranium. Rendez-vous compte, une nouvelle structure cristalline qui a ces propriétés...

— Oui, fit Gemael rêveur... Le déplacement aérien individuel à la portée de chacun... plus besoin de routes ! des champs à la place, des millions d'hectares de bitume supprimés... le rêve ! Et plus besoin de pétrole, donc plus de pollution !... Dis-moi chaman, accepterais-tu de te séparer de ton disque volant ?... Sais-tu où il y en a d'autres ?... Je t'offre ce que tu veux à la place ! Je te montre l'avenir du monde si tu veux ?... Tu pourras prédire à toutes les générations futures tout ce qui va arriver dans les sept millénaires à venir !

— L'avenir du monde ? dit l'indien. Tu ne peux pas me montrer l'avenir du monde ! Comment le pourrais-tu ? L'avenir n'est pas déterminé, il sera ce qu'on en fera !...

— Détrompes-toi, chaman. Tout l'avenir du monde est déjà écrit dans notre grand livre !... Les hommes sont libres individuellement mais cependant leur destin global est déjà fixé... Veux-tu le connaître ?

— Hum ! Je ne suis pas d'accord ! intervint Yahvel. Tu ne peux pas donner un tel pouvoir à un homme de ce temps. Connaître l'avenir, c'est pouvoir le changer ! ...

— Pas du tout, corrigea Marion, c'est simplement pouvoir y faire face dans la mesure où l'on y croit. De tous temps il y a eu des prophètes et des diseurs de bonne aventure. Qu'ont-ils changé en réalité ?... La plupart du temps, les prophéties n'ont servi que de prétexte à leur propre réalisation par des gens avertis. C'est un pouvoir, c'est vrai, mais seulement un pouvoir sur les esprits de leurs contemporains, pas sur le cours réel des événements à venir. En fait, c'est beaucoup moins dangereux que de laisser un programme d'éducation sans contrôle, comme ce qu'on a déjà fait, car là, on a vraiment changé le cours des choses... Réfléchis Yahvel, ce qui est fait est fait, mais nous pouvons encore corriger certaines erreurs :

il semble que nos enfants nordiques aient inventé ce métal, certes, mais ils en ont apparemment perdu le secret depuis des siècles et les indiens eux-mêmes ne savent pas le fabriquer. Cette évolution trop rapide fut donc un feu de paille à l'aune de l'histoire humaine et rien n'est vraiment irréversible. Si nous rapportons de tels objets à notre époque, nous changerons peut-être NOTRE avenir, ce qui est notre rôle, mais pas le leur ! ... et donc en aucun cas notre passé ! Le seul danger à connaître l'avenir, c'est de devenir fataliste. Et ça, nos indiens l'étaient, qu'ils soient mayas, incas, aztèques ou sioux, c'est dans tous nos livres d'histoire... Souviens-toi du 21 Décembre 2012 annoncé par le calendrier des Mayas, d'après eux la Fin du Monde.. En fait, la fin d'un monde qui devait nécessairement changer... Et il a changé en effet, mais ce n'est pas « à cause de » cette prophétie qu'il a changé ! C'est parce que le temps était venu de changer d'état d'esprit.

— Je reconnais que tu as raison sur ce point. Il a changé ce jour-là en effet. En ce sens, la prophétie s'est réalisée puisque ce fut la fin de leur monde, le monde connu alors, et la catastrophe attendue donna naissance au nouveau monde, à l'homme nouveau et au vrai début de la conquête des étoiles...

— Pourtant, le monde maya avait disparu depuis mille ans déjà. À part quelques collectionneurs d'antiquités amérindiennes et quelques fêlés de l'Apocalypse, la prophétie n'intéressait plus personne. En vérité je vous le dis, on comprend toujours les prophéties trop tard, voilà bien le drame, car du coup elles sont toujours inutiles pour l'humanité ! Par contre, elles assurent une position sociale enviable aux prophètes qui les énoncent... Beaucoup ont bâti leurs églises sur ce concept, et tu sais comme moi que bâtir une église c'est prendre le pouvoir sur les consciences de ses contemporains !...

— C'est vrai, confirma Raël. Les religions se sont toujours épanouies là-dessus. Je me souviens même qu'un de mes homonymes avait bâti une secte à la fin du 20ᵉ siècle, suite à un soi-disant contact avec des extra-terrestres, pour qui il alla jusqu'à construire une ambassade sur terre... Les Raëliens... Ces gens se sont même permis d'imiter Dieu en créant des enfants par clonage ! Un joli coup de pub financier ma foi ! Dommage qu'au plan moral ils aient eu des mœurs aussi dissolues, on aurait presque pu y croire...

— Et moi, est-ce que je peux te croire ? Tu peux vraiment me faire voir l'avenir ? insista le chaman...

9

Quelques semaines étaient passées, on avait laissé les Aymaras dans leur pampa. Après lui avoir fait visionner chronologiquement toutes les vidéos du bord, leur chaman, séduit et reconnaissant, avait accepté de se séparer de son bouclier volant. Il connaissait désormais l'avenir. Celui de son peuple l'avait particulièrement intéressé. Il n'ignorait plus rien des Olmèques, des Mayas, puis des Incas, qui tour à tour viendraient fonder des empires englobant leurs montagnes... Il avait pris des notes dessinées très précises, noués quantités de ficelles pour retenir ses calculs... Il saurait ainsi prédire, à la lune et à la minute près, les configurations astrales qui présideraient aux grands événements à venir... Il était devenu un prophète !

Le bouclier volant avait été précautionneusement stocké dans la réserve en vue de son importation au 3ᵉ millénaire. Les industriels seraient bien surpris de cette intrusion du passé dans leur technologie... En attendant, on était toujours en 5 010 avant J.C. Il fallait visiter d'autres peuples pour étudier leur évolution et constater les éventuels dégâts causés par leur précédente intervention. Après avoir survolé de nombreuses cités mégalithiques, enregistré des quantités de vidéos, tout confirmait que la plupart des civilisations naissantes du continent américain avaient eu un contact avec des « Géants du Nord »... Toutes en cultivaient le souvenir déifié sous une forme ou sous une autre. La plupart des signes gravés sur leurs monuments décrivaient un monde originel disparu dans l'océan à l'Ouest, d'où étaient venus leurs peuples, et l'arrivée ultérieure de géants blonds venus par la mer ou d'autres venus du ciel... Leurs sculptures et les bas-reliefs de leurs temples faisaient apparaître des gens casqués, parfois dans des objets volants dont les tuyères crachaient le feu... Il fallait comprendre jusqu'à quel point cela avait dérangé ou accéléré l'évolution...

Enfin, on mit le cap vers l'Asie puisque c'était apparemment de là qu'étaient venus les étrangers civilisateurs.

*

Le voyage prit un peu moins d'une demi-heure jusqu'à la côte asiatique. On ralentit en arrivant au-dessus du continent. On économisait ainsi de l'énergie en zone atmosphérique, et le nuage environnant le vaisseau passait plus facilement pour un cumulus ordinaire aux yeux d'éventuels observateurs...

Une forte population de paysans, courbés en deux sous leurs chapeaux en paille de riz, paraissait fort occupée à la récolte dans d'innombrables lopins inondés du Fleuve Jaune. On décida d'en remonter le cours. Les fleuves sont généralement les endroits les plus appropriés pour fonder villes et villages. Même 3 000 ans avant Confucius, la population paraissait déjà importante et il serait bien étonnant qu'on ne trouve pas une ville en suivant celui-ci...

Effectivement, on survola bientôt une petite cité établie sur la berge. Vue de haut, elle semblait en effervescence. Une foule se pressait sur les quais du fleuve, des bateaux bien rangés semblaient se préparer à une joute. Sans doute une fête locale ?... On décida de se poser un peu plus loin et de venir s'y mêler.

Le pays, relativement désertique dès qu'on s'éloignait un peu du fleuve, offrit un abri sûr pour cacher l'USS dans un petit canyon voisin. Les Jeeps à six roues furent débarquées et l'on couvrit rapidement les quelques kilomètres qui le séparaient de la ville. Il fallait trouver encore une planque pour elles en arrivant. On découvrit un petit coin idéal derrière des bosquets un peu en amont du fleuve et on se mit en marche. Une douzaine de membres d'équipage étaient venus profiter de la fête. Ils s'étaient pour cela grimés du mieux qu'ils pouvaient, avec les moyens du bord. Marion était splendide dans un fourreau de soie écru, pièce de tissu dégottée dans la réserve et destinée à l'origine à servir de filtre. Les autres avaient eu plus de difficulté à trouver de quoi se vêtir, et aucun n'avait de chapeau, or, les paysans portaient tous une espèce de cône en paille attaché par un ruban. Compte tenu de leur haute taille et de leur physionomie, il serait difficile là encore de se faire passer pour des autochtones !

Ce fut Ariel qui rencontra le premier chinois. Celui-ci était un homme jovial et avenant. Il comprit évidemment au premier coup d'œil que ces touristes n'étaient pas du pays, mais il leur adressa un sourire.

—

— Je crois qu'on nous souhaite la bienvenue, dit Ariel. L'ordinateur confirma. C'était un dialecte chinois antique mais dont de nombreux phonèmes étaient restés dans le mandarin des milliers d'années plus tard.

— Merci ! Pourriez-vous nous dire ce qui se passe ici ? demanda Ariel.

— Nous sommes le cinquième jour de la cinquième lune. C'est la fête des bateaux-dragons, voyons ! répondit le paysan comme si c'était là quelque chose d'évident.

— Des bateaux-dragons ? Mais qu'est-ce que c'est ?

— On voit bien que vous n'êtes pas d'ici ! Ce sont les bateaux sur lesquels sont arrivés les ancêtres du Nord. Leur totem était dessiné dessus !

— Laissez-moi deviner, fit Ariel à peine étonné... Et leur totem était un dragon, c'est ça ?

— Exactement ! Depuis des temps immémoriaux, nous célébrons ainsi leur arrivée...

— Je comprends, je comprends... Bravo de maintenir cette tradition. Nous allons voir cela. C'est une joute, n'est-ce pas ? Quelle est la règle ?

— C'est bien simple, il y a une équipe dans chaque bateau, une vingtaine de personnes en plus du timonier et du jouteur. Celui qui met l'autre à l'eau a gagné. Vous pouvez y jouer si vous voulez. Il vous suffit de former une équipe, mais là vous n'êtes pas assez nombreux.

— On va voir... Merci beaucoup, vous êtes bien aimable, conclut Ariel.

— On ne va pas se mettre à jouter, tu rigoles ! dit Marion. En tous cas, ne comptez pas sur moi.

— Moi ça m'amuserait, dit Thor.

— Moi aussi ! dit Mikhaïl.

— Bon ! fit Yahvel, puisque notre camouflage en autochtone ne trompe personne, autant jouer le jeu du tourisme. Qui est pour ?

Une majorité se déclara amusée à l'idée de se frotter aux champions locaux. Qu'est-ce qu'on risquait ? Un bain forcé ?...

— Dites-moi l'ami, vous connaissez quelqu'un qui viendrait renforcer notre équipe ?

— Ça se pourrait... allez voir ces garçons là-bas ! dit-il en désignant un groupe de jeunes gens qui les observaient à la dérobée depuis quelques instants. Je ne serais pas étonné qu'ils acceptent votre offre...

On s'approcha des jeunes. En effet, ils se déclarèrent tout de suite intéressés. Compte tenu de leur jeune âge, l'usage local ne leur permettait pas de monter une équipe à eux seuls mais seulement de participer avec des adultes. Aussi, ils accueillirent avec un plaisir immense cette occasion de montrer leur valeur, non seulement aux étrangers mais aussi à leurs copains du cru. Le meneur de la bande s'appelait Wong. Il devait avoir dix-sept ans, guère plus, les autres étaient encore des gosses. Très vite, lui et ses copains, une dizaine d'adolescents imberbes autant que farceurs, devinrent « amis de toujours » avec les étrangers. La méfiance ne semblait pas de mise en Chine, en tous cas pas à Luoyang, puisque c'est ainsi que l'on nommait cette ville.

En moins d'une heure, les garçons avaient fait le nécessaire pour trouver une embarcation et enrôler l'équipe dans le tournoi. En attendant que vienne son tour de se présenter sur le fleuve, toutes rames dehors dans sa ligne d'eau, l'embarcation se rangea sagement près de la berge pour regarder les autres. Aussitôt les spectateurs du voisinage éclatèrent de rire !

— Qu'ont-ils à brailler comme ça ? s'insurgea Yahvel.

— Ils se moquent de nous, dit un gamin prudemment.

— J'avais compris, mais pourquoi ?

— Je l'ignore, répondit le gosse poliment.

Puis il se retourna pour étouffer une grimace. Yahvel s'en rendit compte. Le gamin, poli, ne voulait pas rire à la face des étrangers, c'eut été sans doute insultant, mais il se moquait d'eux lui aussi, c'était clair, et ses copains avec lui. Yahvel roula des yeux mécontents sur son équipage de fortune. Wong prit alors la parole :

— C'est parce que vous avez de longs nez, comme les ancêtres, les gens croient que vous êtes grimés et déguisés... ça les amuse mais ça leur plaît, croyez-moi. Il n'y a pas de quoi vous fâcher. C'est comme des clowns, quoi...

— Parce que vos ancêtres avaient de longs nez ?

— Oui, enfin non, ce ne sont pas vraiment nos

ancêtres, bien sûr... Ce sont des étrangers comme vous qui sont venus il y a très, très longtemps, avec des bateaux semblables par la mer et le Fleuve Jaune. Ils se sont installés ici quelques générations puis sont repartis...

— « Encore ! pensa Marion... Ils n'ont jamais fait que passer ces gens !... »

Mais, s'ils ne sont restés qu'aussi peu de temps, pourquoi en célébrez-vous encore la mémoire ? demanda-t-elle.

— Parce que leur passage a marqué nos coutumes, répondit Wong. Ils nous ont apporté toute la science du dragon.

— La science du dragon ?...

— Ben oui ! Vous ne connaissez pas ?

— Éclaire-moi un peu, s'il te plaît...

— La science du dragon, c'est tout ce qui touche à la médecine et à aux poudres, aux broyas de roches, d'os, de plantes, de minerais de toutes sortes ! C'est pour ça que nous sommes ici nous autres, pour récolter des minerais, fabriquer des potions et des philtres que nous allons vendre à l'embouchure du fleuve... Sinon, la région est plutôt désertique, et à moins d'être pêcheur ce n'est pas drôle de vivre ici.

— Je comprends mieux... Et qui fabrique tout cela ? Ces gens, là, nos spectateurs ?

— Beaucoup, oui, presque toutes nos familles travaillent dans ces activités de transformation.

— D'accord, d'accord ! C'est intéressant ! nota Yahvel... Et tu saurais nous montrer les endroits où vous extrayez ces minerais ?

— Bien sûr ! mais il y en a beaucoup de sortes. Que cherchez-vous exactement ? demanda le garçon se sentant soudain commerçant en puissance.

— Hum... De l'Orichalque, ça te dit quelque chose ? hasarda Mikhaïl.

— De l'Orichalque ? Oui, il y en a eu à ce que racontent les anciens, mais c'est fini depuis longtemps. Plus personne ne sait le fabriquer maintenant. Je ne sais même pas à quoi ça ressemble ! C'était un monopole des étrangers. Mais on peut vous extraire de l'or, de l'argent, du cuivre, même vous faire du bronze ! insista-t-il.

— Non merci. Nous n'en avons pas vraiment besoin, mais nous avons plus de chance que toi, nous, nous avons vu de l'Orichalque, laissa échapper Mikhaïl.

Il le regretta aussitôt.

— Vous en avez vu ? ! ! Où ça ? bondit le gamin.

— Loin d'ici, sur un autre continent, mentit Mikhaïl. Allons ! Je crois que c'est à nous de pousser ces pirates à l'eau ! ajouta-t-il pour changer de conversation.

Abandonnant Marion sur la rive, le bateau-dragon des eloïmes s'aligna en lice. Sous les ordres de Gemael, les membres d'équipage se mirent à ramer comme de purs avirons oxfordiens. L'embarcation fendit les flots et vint buter le bateau adverse avec une violence non refrénée. Son jouteur eut à peine le temps de se protéger de la longue perche, il tomba à l'eau sous les hourras de la foule.

On se mit en place pour la manche suivante. L'adversaire avait été cueilli par les étrangers. Champion depuis plusieurs années, il ne voulait pas se laisser surprendre une seconde fois. Il manœuvra pour se trouver légèrement en travers du courant au moment du choc. Du coup, les marins de l'espace durent attaquer de biais. Ils n'étaient pas des marins d'eau douce mais le Fleuve Jaune n'est pas salé justement, et ils se firent prendre de vitesse par le courant qui les emporta plus loin qu'il ne fallait. L'adversaire en profita. Au dernier moment, un vigoureux coup de rame ramena son embarcation dans le droit fil du courant et son jouteur ajusta sa perche. Wong déséquilibré tomba à l'eau à la grande joie des chinois. Un partout !

Maintenant que l'honneur était sauf pour l'équipe adverse, la dernière manche devait être gagnée !

Gemael donna quelques consignes et au rythme d'un chant de pagayeurs africains, l'embarcation reprit de la vitesse droit sur l'adversaire. Celui-ci s'attendit à un choc brutal et son jouteur s'arc-bouta sur sa sellette, la lance bien en main... Au dernier moment, Gemael fit un signe et, comme un seul homme, tout l'équipage donna un coup de rame en sens inverse, stoppant net le bateau. Surpris, le jouteur adverse resta une seconde la lance en l'air, et, emporté par son élan inutile, tomba à l'eau tout seul sans qu'il soit besoin de l'y pousser !

Deux - Un ! Les étrangers avaient gagné !

Une immense clameur salua leur victoire sur le tenant en titre du championnat local... En accostant sur le quai, Wong pouvait être fier, il serait un héros local pendant un an. Marion remarqua comme l'œil du jeune homme brillait.

— Je vous emmène fêter ça ! dit-il en débarquant. Allez les mômes, rentrez chez vous, je m'occupe des étrangers ! ajouta-t-il à l'intention des plus jeunes.

Le jeune homme les entraîna avec lui dans un

135

estaminet qui n'en avait pas l'air, une maison de pisé comme les autres que rien ne signalait comme un lieu de plaisir. Un rideau de boules à la porte empêchait les mouches de pénétrer dans l'établissement mais dès qu'on l'avait franchi, on entrait dans un monde différent. À l'entrée, quelques tables et des bancs offraient un instant de repos et leur permirent de savourer un alcool de riz local, assez banal. Une fumée de tous les diables planait en nuage épais dans la pièce, et au fond des ombres étendues sur des nattes fumaient en silence des pipes à eau d'où se dégageait une odeur âcre... C'était une fumerie ! ...

— Pas de panique ! annonça Wong. Je ne touche pas à ça !... C'est pour les nuls. On se tue la santé avec ça. Je préfère ce qu'on trouve derrière... Suivez-moi, et bienvenue à la taverne du dragon ! ajouta-t-il malicieusement.

Au fond, une petite porte basse donnait accès à une arrière-salle. Le groupe s'y glissa en baissant la tête, la porte n'était pas prévue pour des étrangers de haute taille.

— Ziao, donne nous une chambre et ta meilleure piqueuse ! lança-t-il au serveur.

— Piqueuse ? s'inquiéta Marion. Mais que pique-t-elle ?

— Mais nous bien sûr ! vous allez voir ... Tiens, étends-toi là ! répondit-il à Marion, indiquant une des nattes étendues au sol dans une chambre vide.

— Pas question ! Je veux d'abord savoir de quoi il retourne !

— N'aie crainte, ça ne fait pas de mal. C'est juste un petit coup de fouet, ça va te plaire j'en suis sûr...

— Toi d'abord, alors... Je te regarde.

— Comme tu voudras...

Le jeune homme entra dans la pièce réservée, se mit quasiment nu et s'allongea sur la natte. Une assez jolie fille arriva, l'air blasée, avec un plateau plein d'aiguilles et une petite lampe allumée... Elle lui massa quelques instant l'oreille et entreprit de lui planter ses dards, préalablement passés à la flamme, en quelques endroits soigneusement choisis de la région pubienne et de l'oreille précédemment massée. Immédiatement l'adolescent se pâma. Il se roulait littéralement par terre de plaisir...

— Qu'est-ce que c'est que ce truc ? s'exclama Yahvel.

— Je crois comprendre, fit Marion. C'est un détournement de l'acupuncture qui stimule certains points vitaux, ce qui doit produire cet effet aphrodisiaque. Notre ami est en train de prendre son pied sous nos yeux, tout simplement !

— Hé ! hé !... Pas mal, à en juger par ses exclamations... Je goûterais bien à ce truc là moi, fit Mikhaïl, ça m'a l'air beaucoup mieux que cet insipide breuvage indien...

— Et c'est sans risque, en effet, surenchérit Marion, puisque les aiguilles sont aseptisées... Magnifique ! J'en veux ! J'en veux !

Et aussitôt, faisant sans vergogne glisser à terre sa robe de soie, elle dégrafa ses sous-vêtements et s'allongea près du jeune homme sur la natte !... La piqueuse alla chercher un autre plateau et, choisissant minutieusement ses points névralgiques, entreprit d'envoyer Marion au septième ciel du dragon...

Marion ressentit immédiatement une vague de

plaisir intense... une houle allait et venait dans toutes les fibres de son corps, par ondes successives... un régal pour les sens ! En quelques minutes de ce traitement, elle jouit profondément, effrontément et sans pudeur, au vu de ses camarades, sans rien faire pour cela ni pour s'en défendre, juste en se laissant porter par cette vague de plaisir intense...

Thor était plié en deux, il riait à pleines dents du spectacle insolite. Les eloïmes étaient babas ! Ils n'en revenaient pas de voir leur amie se pâmer de la sorte près du garçon, lequel fut tout surpris en rouvrant les yeux de découvrir à son côté le corps magnifique de Marion... Il eut envie de la toucher... Il s'abstint, pensant que sans doute parmi ses camarades se trouvait un compagnon attitré ? Mais déjà, elle aussi émergeait. Le plaisir intense ne dure jamais longtemps.

— Whaouh ! Quel pied ! s'exclama-t-elle en se ragrafant. Je n'ai jamais connu un tel plaisir solitaire ! C'est d'enfer ! Je vous le conseille... Merci Wong !

Et sans ambages elle colla un gros baiser sur la bouche du garçon tout étonné.

Déjà, ses compagnons commençaient à se déshabiller à leur tour pour expérimenter la chose, lorsque la piqueuse lâcha son plateau et hurla de terreur !

— Qui êtes-vous ? qu'est-ce que vous nous voulez ? criait- elle...

L'ambiance fut tuée net. Que voulait dire cette folle ? Pourquoi criait-elle ainsi ?

C'est Wong encore une fois qui détenait la réponse. Il avisa l'un des T-shirts de l'équipage sur lequel figurait le sigle de l'USS ELOÏ, ce fameux œil dans le triangle.

— C'est à vous ça ? demanda-t-il. Vous êtes des triades ?

— Des triades ? Mais non ! Qu'est-ce que c'est ?

— Ah ! vous n'êtes pas d'ici ! vous ne pouvez pas comprendre... Les triades sont des bandits, des pilleurs organisés qui ravagent la contrée à intervalle régulier... Ils pillent, volent, violent, tuent !... Chaque fois c'est une tragédie quand ils passent... Ils ont un signe ressemblant à celui-là mais ce sont des gens très différents de vous. Ils ne vous ressemblent pas.

— J'espère bien ! à en juger par l'effet qu'ils font sur votre piqueuse...

— Rassure-toi Lin-Shou, dit Wong à la fille, tu vois bien que ces gens ne sont pas d'ici, ils n'ont rien de commun avec ces bandits. D'où venez vous, au fait ? demanda-t-il à Yahvel.

— Oh !... Ce serait bien compliqué à te dire, mon cher Wong... Nous sommes d'éternels voyageurs, nous voyageons de pays en pays tout autour de la Terre...

— Ça doit être passionnant ! Et dernièrement, vous étiez où ?...

— En Amérique ! Un pays dont tu ne connais sans doute même pas le nom ?... Loin de l'autre côté de l'océan.

— Mais si, je connais l'autre côté de l'océan. Je n'y suis jamais allé bien sûr, mais nous avons des écoles ici, et une grande carte de géographie.

— Ah bon ? ! ! ! fit Yahvel interloqué. On pourrait la voir ?

— Je pense que oui. Il faut demander au maître,

mais aujourd'hui c'est jour de fête, le temple est fermé, les moines s'amusent dans la rue avec les autres...

— Ah ! Parce que vous avez des moines aussi ?

— Bien entendu ! Il y a des milliers d'années que nous avons des moines et des monastères... Il faut bien conserver et transmettre les traditions !

— Mais quelles traditions ? Celles instaurées par qui ? demanda encore Yahvel. Nous sommes en 5000 avant J.C... ah oui c'est vrai, ça ne veut rien dire pour toi, excuse-moi. Je veux dire... Je veux dire... Ah ! merde alors ! quelqu'un peut me dire en quelle année nous sommes du calendrier chinois ? On ne peut pas compter avant Confucius ni Lao-Tseu, ils n'ont pas encore existé !

— J'ignore de qui tu parles, s'étonna Wong, mais si tu veux la date du jour, nous sommes le cinquième jour de la cinquième lune de la 1 282e année du dragon.

— Si l'on veut comparer au calendrier occidental, il faut multiplier 1 282 par les douze signes de l'astrologie chinoise, précisa Marion. Ce qui fait que nous sommes en réalité en 15 384 de leur ère, laquelle débute donc en moins 20 394 de la nôtre !...

— Hein ? sursauta Yahvel... heu d'accord, mais la 1282e année à partir de quoi ?

— Mais... à partir de l'arrivée des Fils du Ciel, bien sûr !

— Suis-je bête ! ironisa Yahvel... Les « Fils du Ciel », naturellement ! Comment n'y ai-je pas pensé ! Ne sommes nous pas ici dans « L'Empire Céleste » ?!... Et ces Fils du Ciel, ils ont atterri dans le coin, bien sûr ?
...

— Pas très loin d'ici, en effet, à une cinquantaine de lieues. D'ailleurs, on peut encore voir la pyramide...

Ce ne fut qu'un cri, sortant à l'unisson des gorges de l'équipage.

— Leur pyramide ? ! ! !

Une pyramide en Chine ? Le ciel leur serait tombé sur la tête qu'ils n'en auraient pas été plus assommés.

— S'il y avait une pyramide en Chine, ça se saurait ! dit Gemael.

— Détrompe-toi ! rectifia Marion. Il y a bel et bien eu une pyramide en Chine, qu'on appelait la « Grande Pyramide Blanche », pas loin du Fleuve Jaune en effet, bien plus grande que la pyramide de Képhren, et même des centaines d'autres toutes petites à côté. C'est une découverte archéologique très tardive qui a été faite vers la fin du 20ᵉ siècle, mais il a été très difficile d'y accéder à l'époque pour des raisons politiques. La Chine était communiste et c'était un pays fermé. Quasiment aucun homme de science occidental n'a jamais pu y effectuer de fouilles, le régime en place leur en interdisant l'accès. Pire, il avait fait planter des arbres dessus, la condamnant à disparaître petit à petit sous la végétation. Heureusement cet endroit était devenu plutôt désertique à l'époque, les arbres ont eu un mal fou à pousser. De ce fait, à peine y a-t-il eu quelques articles dans les journaux d'Occident... Ben quoi ?... Ne me prenez pas pour une fondue d'archéologie, j'ai juste lu ça incidemment à la bibliothèque de l'université, quand je me suis intéressée à l'acupuncture. J'étais tombée par hasard sur une vieille page en cache du Web de l'époque, qui en parlait. Si ma mémoire est bonne, je crois que l'endroit s'appelle X'ian...

— Je ne comprends rien à ce que tu racontes, dit

Wong à Marion, mais ce lieu s'appelle bien Xi'an en effet. Je vois que tu le connais déjà !

— Non, je ne le connais pas, j'en ai juste entendu parler, mais j'aimerais bien le visiter... Tu pourrais nous guider ?

— Ce serait avec plaisir, mais ça fait tout de même un peu loin pour y aller comme ça. Vous avez des chevaux ?...

L'initiative touristique de Marion intéressait vivement tout l'équipage, mais comment emmener le garçon sans qu'il découvre qui ils étaient vraiment ? Les Jeeps étaient toujours garées dans les bosquets en amont, mais il était hors de question de les lui dévoiler pour l'instant...

Wong continua :

— Si vous n'en avez pas, je peux en trouver pour vous ! ça vous coûtera quelques huans mais mon oncle Hue en loue ! s'empressa-t-il d'ajouter.

— Décidément, il ne perd pas le Nord le garçon, il sait accrocher le touriste, plaisanta Mikhaïl. Et puis son oncle qui loue des chevaux s'appelle « Hue » !... ça ne s'invente pas, ça ! Comment résister ?

— Nous n'avons pas de huans à offrir à ton oncle, Wong, mais nous avons un peu d'or, crois-tu que ça lui conviendra ?

Wong éclata de rire :

— Évidemment ! Vous êtes en Chine ! Qui n'aime pas l'or ici ?

*

L'expédition fut montée pour le surlendemain.

L'oncle Hue offrit jusque là le gîte et le couvert à ces clients qui payaient en or... Décidément, il était dit que la cote d'estime de Wong monterait sérieusement ces jours-ci !

Ordre avait été donné par radio à l'équipe de garde dans l'USS de venir récupérer les Jeeps et de se préparer à venir les rejoindre sur place, à la pyramide blanche, dès qu'on y serait parvenu. Encore fallait-il y parvenir...

Le surlendemain donc, à l'aube, une troupe de cavaliers partit vers l'Ouest. Elle traversa des rizières, des champs, puis une zone aride qui montait vers le plateau continental. Le voyage dura cinq jours. Le paysage aride devenait vraiment désertique au fur et à mesure que l'on montait. Bientôt, il ne resta plus dans le décor que des cailloux et du vent dans un air translucide, avec des montagnes qui se découpaient sur l'horizon... Loin, très loin là-bas, c'était l'Himalaya qui hérissait ses pics blancs vers un ciel d'un bleu intense...

Le sixième jour, un point se dessina au loin.

— La pyramide blanche ! annonça leur guide.

On mit bien encore une demi-journée à s'en approcher. Elle grossissait au fur et à mesure pour emplir leur espace visuel. Elle était vraiment très grande en effet ! Bien plus grande que Képhren, et peut-être même plus grande que Kéops !... Tout autour, quelques dizaines d'autres beaucoup plus petites parsemées çà et là semblaient indiquer que des hommes avaient voulu imiter des dieux...

— Nom de dieu ! c'est incroyable qu'on n'ait jamais entendu parler de ça dans nos livres d'histoire ! lâcha Mikhaïl. Rendez-vous compte ! elle est énorme...

143

— Oui, elle vaut largement Kéops à mon avis, voire plus ! émit Ariel. Et en parfait état de conservation ! quand je pense à l'état de la nôtre...

— Mais qui a bien pu construire ça ? se demanda tout haut Yahvel.

— Les célestes. Les Fils du Ciel ! répondit Wong.

— Les célestes ? Ben voyons !

Yahvel haussa les épaules... Il avait du mal à admettre que des inconnus, d'autres qu'eux-mêmes, aient pu venir sur terre en cette époque si reculée pour construire cette montagne de pierre... Pourtant, elle était là, sous leurs yeux... Il fallait bien convenir que quelqu'un l'avait construite ! Quelqu'un qui disposait d'une super technique car l'œil de l'ingénieur qu'il était avait immédiatement constaté la rectitude des angles et les parfaites proportions de l'ensemble... Ça n'était pas du travail empirique de paysan ! C'étaient des constructeurs qui avaient bâti cela selon un plan parfaitement conçu ! Restait à comprendre pourquoi ?

— Ton avis, Mikhaïl ?

— Aucune idée !... Il faudrait évidemment faire des fouilles, étudier certaines hypothèses, vérifier les alignements cosmiques... C'est un travail qui risque de prendre un bout de temps... Nous ferions bien de nous installer plus confortablement.

— Je suis de ton avis. Mais ça le mérite. Il faut qu'on sache qui a posé ça ici...

*

La zone semi-désertique où se dressait la pyramide blanche comportait tout de même quelques arborescences vertes, preuve qu'il y avait de l'eau quelque part en sous- sol. Il suffirait de trouver où pour creuser un puits. Thor en trouva l'emplacement à quelque distance de là, en utilisant une baguette taillée dans un arbuste local identique à un de ceux que lui avait montré son confrère, le chaman indien des Andes. « Bizarre ce Thor ! ne pouvait s'empêcher de penser Yahvel. Il est vraiment doué pour des choses insensées ! ». Sur son insistance, on avait creusé quand même, et contre toute attente l'eau avait jailli. On avait aussitôt construit une canalisation de bambou qui l'amènerait jusqu'au camp de toile installé à proximité de la montagne de pierre. Là, un baquet recevait en permanence cette eau providentielle au beau milieu du désert. Cette fontaine improvisée ne tarda pas à attirer toutes sortes d'animaux très discrets jusque là, la tentation de l'eau facile était trop grande, et ils ne connaissaient pas suffisamment les hommes pour en avoir peur. Des chèvres sauvages, quelques lièvres et un renard prirent l'habitude de venir s'y abreuver. On n'aurait pas de problème d'approvisionnement en viande fraîche...

Le guide était resté deux jours, puis s'en était retourné, laissant là les étrangers seuls avec le désert. Au début, il ne voulait pas. Les abandonner là était pour lui une lâcheté et il avait fallu batailler ferme pour le convaincre de repartir seul. Finalement on y était parvenu, mais ça avait été autre chose avec Wong ! Lui avait voulu rester absolument avec ses nouveaux amis... Il allait donc falloir lui montrer l'impensable... Marion le prit à part.

— Wong, je dois te dire quelque chose... Quelque chose qui va t'étonner et peut-être te faire peur...

— Me faire peur ? à moi ? tu rigoles !

— Non, non ! tu es un garçon courageux et je ne parle pas de te faire peur physiquement, mais d'une peur pour ton équilibre psychique... Les choses ne sont pas ce que tu crois qu'elles sont et nous ne sommes pas des touristes ordinaires...

— Ah bon ? Pourquoi ça ? Vous êtes faits comme moi, vous mangez, vous buvez et vous marchez debout ! Pourquoi est-ce que ça devrait me faire peur ?

— Tu n'as rien vu encore !... Dans quelques minutes, un nuage va arriver dans ce ciel pur au-dessus de nous. Et ce nuage va se poser au sol... C'est notre moyen de transport. Bien que nous venions de la Terre, nous sommes nous aussi, en quelque sorte, des « fils du ciel » !

— Je me doutais de quelque chose comme ça ! Je savais bien que vous n'étiez pas de gens ordinaires, mais j'hésitais... Votre grande taille et vos longs nez ne correspondaient pas à la description des fils du ciel. Bien plus à celle des géants du Nord...

— Parce que tu as une description de ces « fils du Ciel » ? s'étonna Yahvel.

— Ben oui ! Selon les anciens qui se la transmettent de génération en génération, ces fils du ciel étaient tous petits au contraire, avec une énorme tête.

— Des macrocéphales ? Hum... Mises à part les photos truquées de Rosswell qui ont fait scandale à la fin du 20ᵉ siècle, il n'existe aucune trace de tels êtres sur Terre, songea Marion pour elle-même. Je ne connais pas de race humaine avec ces caractéristiques, dit-elle tout haut.

— Je n'ai pas dit qu'ils étaient humains ! Eux étaient des dieux, rectifia le jeune homme.

146

— Évidemment ! dans ce cas... conclut Marion.

10

L'USS se posa à proximité du gigantesque monument. Wong était saisi de stupéfaction. Il s'attendait à un nuage comme le lui avait dit Marion, mais pas à un tel engin à l'intérieur ! À ses yeux, les proportions du vaisseau atteignaient presque celle de la pyramide voisine... Il n'en revenait pas.

— Vous voyagez là-dedans ? fit-il. C'est un bateau énorme ! Enfin, un bateau... Je ne sais pas comment l'appeler autrement...

— On appelle ça un vaisseau intergalactique, mais tu as raison, Wong, c'est comme un bateau. Au lieu de naviguer sur l'eau, nous naviguons dans le ciel et même au-delà, dans les étoiles...

— Même dans les étoiles ? ! ! ! Mais les étoiles ne sont-elles pas des dessins peints sur la voûte du ciel ?

Mikhaïl sourit.

— Il n'y a pas de « voûte ». Le ciel est d'une profondeur infinie, et les étoiles sont d'autres soleils beaucoup plus gros que la Terre. On les voit tous petits parce qu'ils sont très loin dans l'espace. Est-ce que tu comprends ce que je veux dire ?

— Pas bien... Tu veux dire que le sac du ciel n'a pas

de fond ?... Mais pourquoi n'y tombons-nous pas, alors ?...

— Mais justement ! Nous tombons, comme tu dis... La Terre tombe dans l'espace et tout le système solaire avec elle, à une vitesse vertigineuse, mais nous ne nous en rendons pas compte car nous sommes partie intégrante du gigantesque manège cosmique... Viens ! Tu vas comprendre...

Mikhaïl entraîna Wong à l'intérieur. Le jeune homme fut fasciné par tous ces écrans, ces sons et ces images qui en émanaient en trois dimensions. Mikhaïl installa le planétarium virtuel et cala le programme à la date du 5ème jour de la 5ème lune de 5 010 avant J.C.

— Voilà le ciel tel qu'il est aujourd'hui. Ça, c'est notre soleil, et ça, c'est la Terre sur laquelle nous sommes, et là c'est la Chine. Si je grossis un peu, tu vois là le Fleuve Jaune, et nous sommes exactement ici... Regarde bien maintenant...

Le ciel en 3D s'anima, les planètes tournèrent autour du soleil, le système autour de la galaxie...

— Regarde maintenant, tu vois les alignements avec les autres constellations ? Ici c'est le chien, là le taureau, là ce que vous appelez la chèvre, là votre dragon, etc.

— Oui, je connais ces noms mais ils ne ressemblent pas du tout à l'idée qu'on se fait habituellement d'un chien, d'un taureau ou d'un dragon... Je ne comprends pas...

— Oui, moi non plus je dois dire... C'est une chose qui m'a toujours intriguée : pourquoi les anciens les ont-ils nommées ainsi ?... Est-ce que tes moines ne te l'ont pas appris ?

— Non, ils nous font apprendre seulement les noms,

sans autre explication. Tout ce qu'on sait, c'est que ce sont les « Fils du Ciel » qui les leur ont appris...

Et soudain, Mikhaïl eut une idée, une idée folle comme il en arrive parfois qui vous traverse l'esprit... Non, ça ne pouvait pas se faire !... C'était impossible !
...

— Bon dieu les enfants ! cria-t-il. Je n'y crois pas !... si on ne reconnaît pas les constellations c'est parce qu'elles ne sont pas vues depuis le bon angle... Regardez !

Ses collègues se rapprochèrent. Mikhaïl centra le focus sur le chien et commanda à la modélisation en 3D de faire tourner la constellation sur elle-même. Au bout d'un quart de tour, une image de chien incontestable apparut ! Il répéta l'opération avec les autres constellations. Chaque fois, selon des angles différents mais convergents, se confirma pleinement l'image du signe utilisé comme symbole. Il releva les angles au fur et à mesure.

— Et voilà le travail ! s'écria-t-il triomphant. Je précise que la convergence en question correspond au point de vue depuis Sirius !... Vous vous rendez compte de ce que ça signifie ? ! ! !

— Oui, conclut Marion, résumant la pensée de tous. Ca signifie que ce ne sont pas des observateurs terriens qui ont baptisées les constellations de notre zodiaque, mais obligatoirement des stellaires qui, il y a vingt mille ans, leur ont attribué leurs noms ! Et des stellaires de Sirius !

— Ça signifie aussi du même coup qu'il y a de la vie sur Sirius, et des animaux identiques ! s'enthousiasma Ariel.

— Comme vous y allez ! En admettant votre fable

animalière, ça pourrait tout au plus signifier qu'il y en avait, il y a 20 000 ans !... Là-haut comme ici, il a dû couler de l'eau sous les ponts depuis ! ajouta Yahvel. Je vous rappelle que nous revenons de ce secteur et que l'expédition n'a rien trouvé, alors même que c'était précisément ce que nous y cherchions !... Quant à savoir pourquoi on nous a justement envoyés là-haut, j'en suis encore à me le demander... Une lubie d'un fonctionnaire de la NASA, sans doute ! Pourquoi y aurait-il de la vie sur Sirius quand on n'en a pas trouvé ailleurs jusqu'ici ?... D'ailleurs, pourquoi y en aurait-il ailleurs tout court ?... À mon avis, la Terre est une exception dans l'évolution. S'il y a ou s'il y a eu de la vie ailleurs, c'est immensément loin et nous ne l'atteindrons jamais, ou alors elle est encore à l'état embryonnaire des amibes car c'est la seule chose qui peut vivre dans les comètes glaciaires ou sur des planètes bourrées de gaz nocifs... Nous n'avons rien trouvé parce que nous cherchions pour rien... Il n'y avait rien à trouver là en tous cas !

— Pas pour rien. Une aiguille dans une botte de foin, c'est vrai, mais pas pour rien, j'en suis convaincue ! corrigea Marion. La preuve, Thor a rencontré des intelligences extra- terrestres...

— Ah ! parce que tu en es toujours à croire ça ? Un coup de chance, c'est tout ! Peut-être une affaire de subconscient tout simplement !

— Hum... Un subconscient qui aurait la bosse des maths alors !

*

On avait commencé par chercher autour de la

pyramide blanche. Une porte, une entrée, une pierre quelconque qui soit mal jointoyée, mais rien, rien ne semblait devoir donner accès à l'intérieur. Pas question de taper dedans comme des voleurs ! Il fallait trouver une entrée... En désespoir de cause, on avait envoyé le drone voir ce qui se passait au sommet. Il avait rapporté des images d'une toute petite plate-forme, comme l'emplacement d'un pyramidion absent, comme le leur mais minuscule. Au centre de cette plate-forme, un genre de puits ouvert semblait descendre à la verticale dans le corps du monument. Mais vu la dimension du trou, il semblait difficile d'y glisser un corps humain. On cherchait encore comment faire pour y descendre explorer quand survint un nouvel incident.

On en avait profité pour faire faire au drone une exploration aérienne du terrain, à tout hasard, et voilà quelques jours qu'il décrivait des cercles concentriques en faisant des photographies du sol autour du camp. Au troisième jour, on remarqua deux anomalies sur ces prises de vues, identiques, des sortes d'ovales dessinés sur le sol et qui n'apparaissaient pas naturels. Ça, c'était à leur portée immédiate. On décida d'y aller voir.

Thor avait substitué sa baguette à son marteau, celle-ci ne le quittait plus depuis qu'il avait découvert l'eau. Il se promenait maintenant partout avec, où qu'il aille testant le terrain à chaque pas. Ce fut ainsi qu'il arriva sur l'emplacement des ovales. Aussitôt sa baguette se cabra dans ses mains !

— Il y a quelque chose là-dessous ! s'écria-t-il.

— Oui, on s'en doute figure-toi, c'est pour ça qu'on vient. Mais quoi ?

— Je sens... Je sens un vide... et des corps !

151

annonça-t-il.

— C'est vraisemblable. J'espère que ça ne « sent »
pas trop fort ! plaisanta Ariel.

On sortit les pelles et les pioches, puis les pinceaux
et les raclettes au fur et à mesure qu'on découvrait la
sépulture. Des ossements apparurent au fond, bien
rangés, que Marion dégagea avec précaution. Peu à
peu, un corps entier mais tout petit se dessina sous
son pinceau. « Ça devait être un enfant, pensa-t-elle. Il
ne devait guère mesurer plus de quatre pieds de
haut...». Puis, elle dégagea le reste. Un crâne
apparut...

— Ça ne va pas ! s'écria-t-elle. Ils est beaucoup trop
gros pour le reste du squelette !... se pourrait-il qu'on
ait enterré une tête différente du corps ?...

Une autre équipe dégageait de son côté la seconde
tombe trouvée... Elle alla voir leur découverte. Gemael
était en train de dégager les derniers ossements.

— Une fille, diagnostiqua Marion. Le bassin est
caractéristique...

Mais quand l'énorme crâne apparut à leurs yeux,
elle fut stupéfaite.

— Merde ! laissa-t-elle échapper... C'est le même
modèle !

*

À côté de chacun des petits corps, on récupéra un
certain nombre d'objets. Notamment un très joli collier
avec un pendentif plein de terre amalgamée autour et
durcie par le temps comme de la pierre, plus quelques

152

bricoles, probablement des offrandes qui devaient accompagner l'esprit du défunt vers l'au-delà...

On récupéra les objets, on prit de nombreuses photos, ainsi qu'un échantillon des squelettes et, par chance, quelques cheveux qui avaient subsisté. Puis l'on referma les tombes pour laisser reposer en paix les deux êtres étranges.

Revenus à l'astronef, les explorateurs voulurent tout connaître de ces curieux corps. On procéda d'abord à la datation des échantillons. Elle révéla approximativement 20 000 ans d'ancienneté, et un âge probable de décès de... 420 ans !

— C'est insensé ! Refais ton analyse ! s'exclama Yahvel.

On refit l'analyse. En vain. Les résultats confirmèrent que les êtres avaient bien respectivement 425 ans pour le mâle et 398 pour la femelle. On hésitait à leur donner des qualificatifs d'homme et de femme...

— Hum... Et l'analyse génétique, qu'est-ce que ça donne ? interrogea Yahvel.

— 23 paires de chromosomes, bien que certains soient apparemment un peu différents des nôtres, ce sont bien des humains ! annonça Marion. Mais leur crâne présente un volume incroyable : plus de 2 000 centimètres cube ! Chacun d'eux était probablement plus intelligent que toi et moi réunis !

— Ce n'est pas possible ! sourit Yahvel. Tu peux faire la cartographie de leurs gènes ? Des personnages qui ont vécu 420 ans, ça mérite l'examen !

— Bien entendu, j'y ai pensé. J'ai déjà lancé le processus de décryptage mais ça va demander quelques heures...

— Bon, en attendant, voyons ce que nous apprendra cette cheminée !... Est-ce que le drone peut y entrer ?

— Non, il est trop large. Et nous sommes tous trop gros pour rentrer là-dedans. Il nous faudrait quelqu'un de filiforme, comme ces semblants d'enfants !... Normal ! Si ce sont eux les constructeurs, ils ont fait le trou à leurs dimensions.

— Wong, ça te dirait ? demanda Yahvel. Je ne dirai pas que tu es fluet mais tu es le seul à ne pas avoir notre stature... Peut-être pourrais-tu t'y faufiler ?... Mais je ne veux pas t'obliger, ça peut être dangereux.

— Oh oui, oui ! Je suis d'accord ! Entrer dans le temple des Fils du Ciel ! Qui refuserait ? Comment fait-on ?

— On va te harnacher, comme pour un cheval, sourit Ariel. Ne t'inquiètes pas, nous avons l'habitude, c'est du matériel d'escalade. Nous t'équiperons aussi d'un micro et d'une oreillette pour que tu puisses nous décrire ta descente, et d'une caméra miniature. Puis nous te descendrons doucement dans la cheminée. En principe il n'y a rien à craindre de la descente elle-même, mais nous ne savons pas ce que tu trouveras là-dedans, en bas... C'est là que peut résider le danger...

— On verra bien. Il faut d'abord y entrer, fit le hardi garçon.

— Bravo Wong ! C'est très courageux de ta part, dit Marion. Tiens, je t'embrasse pour la peine !

Wong rougit sous le chaste baiser. Aucune femme ne l'avait jamais embrassé, sauf sa mère peut-être... et Marion pour la seconde fois...

Il s'était avéré impossible de faire stationner l'USS en vol statique au-dessus du trou avec une précision suffisante. Un appareillage de fortune fut donc dressé sur le sommet de la pyramide, un genre de grue improvisée avec un rouleau de bois et des cordages. On avait sanglé Wong. La descente commença. Le jeune homme n'en menait pas large mais n'en laissait rien paraître. Les premiers mètres se passèrent sans incident, puis...

— La cheminée s'élargit. Il y a quelque chose, là ! dit Wong dans son micro.

Du bout du pied, il avait touché quelque chose. La cheminée était vraiment trop exiguë et sa lampe frontale n'avait pas de recul pour éclairer en dessous de ses épaules, il fallait continuer la descente pour que la caméra puisse donner des images, mais c'était risqué...

— On le remonte ! ordonna Gemael.

On remonta le garçon, et l'on fit descendre d'abord l'éclairage avec une mini caméra. C'était par là qu'on aurait dû commencer !

L'objectif montra alors un évasement de la cheminée formant une sorte d'entonnoir à l'envers, de la hauteur d'un homme. À la base, bien axé au milieu et débordant en hauteur de la plateforme, une sorte de margelle à l'intérieur de laquelle l'étroit boyau continuait vers les profondeurs du monument. Autour, la circonférence présentait une série d'objets qu'on pouvait analyser comme des lentilles, on en compta une douzaine formant une ceinture d'yeux qui regardaient vers le centre. Dans l'intervalle, dans l'espace plat, le « quelque chose » sur quoi Wong avait posé le pied...

— Un crâne ! c'est un crâne ! s'écria Marion.

— Quelque voleur qui aura essayé de pénétrer là et s'y sera trouvé coincé sans doute... suggéra Ariel. Quelle mort horrible !

— Oui, peut-être... Soyons tout de même prudents. Si ce crâne est entré là, il doit en sortir. Envoyons un crochet et essayons de le remonter.

Sans difficulté, le grappin remonta la macabre surprise. C'était effectivement un crâne, très ordinaire et de taille normale. L'anomalie était ailleurs...

— Heu... Mauvaise nouvelle ! Il a eu la tête tranchée ! annonça Marion. Hum... c'est bizarre...

— Sans blague ! Alors, cette pyramide était un autel de sacrifice ? On jetait la tête des suppliciés dans le trou...

— Ça se peut, dit Gemael, mais j'aimerais en être certain... Envoyons autre chose avant de redescendre là-dedans un être vivant...

On chercha ce qu'on pouvait descendre à la place.

— Un lièvre ? suggéra Thor.

— Pas bête ! un lièvre, oui pourquoi pas.

Au crépuscule on posa quelques collets près de l'abreuvoir improvisé. Deux heures plus tard une paire de rongeurs était prise, ils se débattaient encore. On les conserva vivants dans une boîte métallique en leur donnant à boire et à manger. Le lendemain serait leur jour de gloire ou leur dernier. Hum... d'ailleurs, dans tous les cas leur dernier !

Marion se leva de bonne heure et consulta les résultats de son analyse. L'ordinateur avait consciencieusement reconstitué l'ensemble des gènes de chaque chromosome des petits êtres, et en avait dessiné la carte, paire par paire. Marion sentit tout de suite que quelque chose était troublant là-dedans, mais elle avait beau éplucher chaque code, elle ne trouvait rien. Les séquences d'ADN étaient arrangées selon un ordre ATCG apparemment normal, peut-être différent de ce qu'elle avait l'habitude de voir mais comment se souvenir, gène par gène, des millions de codes génétiques humains ? N'était-ce qu'une impression ? Elle ne trouvait rien. Après tout, en dehors de leur grosse tête, ces petits humains ne paraissaient pas tellement différents d'eux-mêmes... Elle résolut d'étudier la chose plus tard, et s'en alla déjeuner...

— Alors, Marion ? demanda Yahvel.

— Alors rien pour l'instant. J'ai bien la cartographie générale de leurs 23 paires de chromosomes, mais en dehors de leur forme je ne vois pas de différence notable à l'œil nu. Pour en savoir plus, il faudrait éplucher chaque brin d'ADN en comparant code par code chaque gène au gène correspondant d'un humain ordinaire. Ça peut prendre des semaines et s'il y a des différences, elles sont infimes. Comme ce n'est pas l'urgence pour l'instant et que c'est un travail fastidieux, je m'en occuperai dès qu'on aura un long moment à tuer ou peut-être à notre retour chez nous...

— D'accord, c'est vrai qu'il y a d'autres urgences. J'aurais pourtant bien voulu savoir tout de suite comment ils pouvaient vivre aussi vieux !...

— Rassure-toi, tu le sauras à temps ! plaisanta Marion. Tu pourras encore faire un beau vieillard !

*

On avait apporté les lièvres et l'on descendit dans ce terrier de pierre inattendu la bête attachée par les pattes de derrière. On laissa filer la corde jusqu'à la hauteur de l'entonnoir inversé. Rien ne se passa. On posa la bête sur le bord de la margelle. Un flash éclata comme un éclair à l'intérieur du puits. On remonta la corde. Le malheureux lièvre était coupé en deux, nettement et sans bavure !

— Whaoh ! fit Ariel. Tu l'as échappée belle, Wong ! C'est ce qui a dû arriver au malheureux propriétaire de ce crâne...

— Bizarre ! déclara Marion. Pas de sang ?... une coupure nette... on dirait qu'elle a été cicatrisée en même temps !...

— Tu penses à quoi ? demanda Yahvel.

— Ben... ça va te paraître énooooorme, je sais, mais... Je ne vois qu'un laser pour faire ça !... de plus, il y a cet éclair...

— Quoique ça me coûte de l'avouer, je suis de ton avis ! concéda Yahvel.

— Quel piège ! admira Mikhaïl. Impossible de passer au travers ! Les pauvres gens qui ont essayé jusqu'à là se sont faits raccourcir à tous les coups... Combien y en a-t-il à l'intérieur ?...

— Je ne veux pas le savoir ! fit sèchement Yahvel. Il n'est pas question de réessayer.

— Pas sûr, pas sûr ! Ces pauvres gens ne connaissaient pas cette technologie ! Mais nous, si !...

— Que veux-tu faire ?

— Eh bien, c'est simple : s'il s'agit d'un laser, on peut l'aveugler ! Il ne se déclenche pas avant qu'un objet se pose sur la margelle interne... Les lentilles sont probablement à la fois les capteurs de mouvement et les émetteurs de rayon ? Supposons qu'on mette un miroir juste autour du puits central ? ...

— Oui, ça pourrait marcher. Ça vaut le coup d'essayer... Il nous reste un autre lièvre, au pire, ça nous fera un civet entier... de toutes manière, dans le lièvre je n'aime pas la tête ! Mais où vas-tu trouver un miroir cylindrique ?

— J'ai mon idée là-dessus ! fit Mikhaïl.

Il prit la dimension du diamètre d'ouverture et redescendit de la pyramide. Deux heures plus tard, il revenait avec une large feuille métallique recouverte d'or à l'extérieur qu'il referma sur elle-même pour former un tube s'emboîtant juste dans l'ouverture de la cheminée. Il avait aussi rapporté un élément d'un appareillage du bord qui ressemblait à une grosse pince à sucre à l'envers munie de ventouses aux extrémités. Il enfila la pince à sucre dans son tuyau improvisé, fit jouer les ventouses et descendit le tout dans la cheminée à l'aide de la corde.

— Attention les petits hommes, voilà le Père Noël ! s'amusa-t-il.

Le long tube métallique descendit sans encombre jusqu'à la margelle intérieure sans que se produisît quoi que ce soit et il commença de s'enfiler dans la margelle du puits intérieur. Un éclair se produisit, puis un second, un troisième... les éclairs se succédaient mais étaient réfléchis par la couche d'or externe du tuyau improvisé. Mikhaïl relâcha la pince à sucre. Le métal chauffé se détendit, collant à la paroi du puits. Le tuyau était serti dans son étui de pierre, faisant maintenant un conduit continu vers le fond, sans escale. Quelques éclairs filtrèrent encore, puis plus rien... La source d'énergie devait être épuisée.

— Et voilà le travail ! dit-il.

— Bravo ! ! !

— Félicitations, Mikhaïl !... On va tout de même envoyer le second lièvre avant de risquer Wong là-dedans ! On ne sait pas combien de temps le système va mettre à se recharger..

On suspendit le second lièvre au beau milieu du tuyau, à la hauteur de l'ancienne margelle. On le fit monter, descendre, on joua au yoyo avec la pauvre bête. Une heure... Deux... Rien !

— Je crois que les piles sont mortes ! déclara Ariel, le joujou ne fonctionne plus !

— À ce qu'il semble... Bon ! Est-ce que tu veux toujours y aller, Wong ?

— Ben maintenant... ça a l'air de s'être calmé... Je veux bien réessayer.

— Bravo fiston ! C'est parti ! Fait bien attention à ne pas faire glisser le tube.

Le jeune homme de nouveau sanglé fut redescendu. Il passa sans difficulté l'étape délicate et continua lentement sa progression vers le fond... Mais c'était apparemment le seul piège disposé par les constructeurs. Au bout d'une dizaine de mètres, le conduit s'élargit à nouveau, cette fois sans qu'il puisse toucher aucune paroi autour. La pyramide paraissait creuse, une grande salle y était ménagée... Sa petite lampe frontale de mineur n'éclairait pas assez fort pour découvrir les parois. Il posa bientôt le pied sur un tas d'objets instables... N'ayant plus de problème de mouvance, il sortit d'un sac descendu juste après lui une puissante torche électrique et éclaira le sol sans difficulté. Il se détourna aussitôt pour vomir... Un amoncellement d'ossements humains encombrait la place sur une hauteur de deux mètres ! Des dizaines de squelettes sans têtes sans jambes ou sans troncs !... Tous ces gens avaient pensé trouver là un trésor, ils y avaient trouvé une mort horrible !... Rétrospectivement, Wong eut la peur de sa vie. Il se mit à trembler de tous ses membres...

— Wong ?... Tu m'entends ?... Wong ?... Ca va ?...

La voix amicale de Marion se faisant entendre dans son oreillette le rassura. Il était seul au fond de son trou, mais pas seul dans cette aventure. Il aimait beaucoup Marion. Il réagit.

— Oui, je suis au fond... Ça va... enfin, ça va aller ! ... Je suis juste en compagnie de dizaines de squelettes, et je n'aime pas trop ça...

— Ceux-là ne te feront pas de mal, oublie-les ! conseilla Marion. Fais nous plutôt voir le reste de la salle...

Wong fit un panoramique, tournant sur lui-même et accompagnant son déplacement d'un pinceau de lumière qui avançait au fur et à mesure sur les parois qu'il n'avait pas encore vues jusque là... Il fut sidéré par le spectacle ! La pièce entière était tapissée d'or qui miroitait sous l'éclairage !

— C'est magnifique, Marion ! C'est extraordinaire !... Un véritable trésor !

— Calme toi, Wong ! ça n'est que de l'or !... dit-elle en suivant l'image vidéo. Peux-tu t'en rapprocher un peu ?

— Oui, une seconde... je descends de mon tas d'os... Voilà, je touche la paroi... La paroi Est, je crois ? Il n'y a pas de soleil ici...

— La paroi Est oui, c'est ça.

— C'est bien, Wong. Tu es quelqu'un de très courageux ! Avant d'aller plus loin, dis-moi : est-ce que tu respires bien ? Est-ce que la flamme de ton casque brille bien ?

— Ça va oui, la flamme et belle et je respire convenablement. Tu sais, je fais souvent le mineur ! J'ai l'habitude !

— Ce garçon est un amour ! pensa Marion. Bon, puisque tu es en forme maintenant, essaie donc de longer le pourtour de la salle, lentement, que l'on ait bien le temps de visionner la vidéo...

— D'accord ! J'y vais.

Les parois défilèrent dans le champ de la caméra, lentement, sans à-coup.

— Ce petit aurait de l'avenir dans le cinéma ! Plaisanta Ariel. Il n'a aucune idée du tabac qu'il ferait chez nous !

— Tu l'as dit. Même les vieux films de Spielberg n'auraient pas osé nous montrer un tel scénario ! renchérit Mikhaïl.

Les murs de la salle souterraine montraient des bas-reliefs extraordinaires, des glyphes qui n'avaient rien d'égyptien, dans une écriture inconnue... Le mur Est se terminait, la salle faisait bien vingt mètres de long. Wong tourna et longea le mur Sud. Des étagères

162

étaient ménagées dans la paroi, et des objets entassés dessus...

— Qu'est-ce que c'est que ça ? demanda Marion. Peux-tu en prendre un et le faire voir à la caméra ?

— Oui... Voilà ! dit Wong, se saisissant de l'un d'eux. Hou ! c'est lourd !...

Montré face caméra, il s'agissait semblait-il, d'un disque de pierre ou de céramique. Gros comme une de ces vieilles bobines de cinéma du dernier millénaire, à peine moins épais, il était gravé d'une infinité de signes mystérieux mais dans un état de conservation pour le moins bizarre. Les deux faces n'étaient pas planes, on eut dit que la pierre avait été tordue comme une hélice. Probablement une déformation au séchage ou à la cuisson...

— Il nous faut ces disques ! intima Yahvel. Peut-on les remonter ?

— J'ai peur que non ! Ils sont plus larges que le passage, répondit Wong. À moins de le casser en deux...

— Non, surtout pas ! On va trouver moyen d'en faire une copie souple s'il le faut... Sont-ils tous identiques ? Sont-ils fait du même matériau ?

— Identiques non, les gravures paraissent toutes différentes, mais ils sont de même taille et du même matériau, oui.

— Dans ce cas, il faudra absolument en remonter au moins un, même en morceau... On fera des copies des autres. Bon, on verra plus tard, continue Wong...

Le jeune homme continua. Le mur Sud se terminait à dix- huit mètres environ.

— Ça représente une sacrée salle ! évalua Mikhaïl.

163

— Oui, une sacrée salle... peut-être même une salle sacrée ! souffla Ariel.

— Bah ! Arrêtons ! dit Marion. Il y en a marre des archéologues antiques qui nous mettaient tout à la sauce religieuse ! On ne va pas recommencer à attribuer par défaut un caractère sacré à ce qu'on ne comprend pas !

Le mur Ouest ne présenta aucune particularité. Il ressemblait au mur Est, avec ses glyphes bizarres et ses bas-reliefs... Wong entama le mur Nord...

— Hey ! s'exclama-t-il soudain. Il y a une porte ici !
...

— Une porte ?

— Oui, enfin... Je ne sais pas vraiment... Il y a une paroi qui bouge quand je pousse dessus...

— Méfie-toi, Wong. Pousse la très prudemment et sois prêt à te reculer à la moindre alerte ! On ne pourra pas te venir en aide si tu as un problème...

— Je sais, ne vous inquiétez pas, je serai prudent...

La grande plaque trapézoïdale tourna sur elle-même, livrant un passage dans la paroi. Aucun piège. C'était un passage discret, tout simplement. Derrière s'amorçait un long couloir en pente... Wong décrocha la corde, ramassa son sac, et s'y engagea...

— Wong, reviens ! Tu es fou ! Reviens mon petit chéri ! Tu vas à la mort ! Reviens !

— Trop tard Marion. Il ne t'entend plus. Les ondes radio ne passent plus dans la terre. Il faut attendre qu'il revienne.

On attendit, une heure, puis deux... cinq... dix heures... Mais en vain. Wong ne revint pas !

11

Le soir était tombé, le moral était au plus bas dans le camp. Wong n'était pas revenu. Il lui était arrivé quelque chose, c'était sûr ! Contrairement à son habitude, l'équipage se taisait, laissant ses chefs prostrés dans leur angoisse.

— Merde ! merde ! merde ! se reprochait Yahvel, je n'aurais pas dû autoriser ce gamin à aller là-dessous ! Il n'était pas assez mûr pour affronter des dangers de cette sorte ! C'est ma faute !

— Non, ce n'est pas ta faute, c'est la mienne ! disait Mikhaïl. Si je n'avais pas joué au con avec mon tuyau, il n'aurait jamais osé repasser devant le laser. C'est ma faute !

— Mais non, contestait Marion, c'est la mienne de faute ! Il m'aimait bien je le sentais, j'aurais dû avoir beaucoup plus d'influence sur lui et l'empêcher de faire ça ! Maintenant au lieu de ça, il est peut-être en train de crever, tout seul au fond d'un couloir obscur, sans une présence amie !...

— Ce n'est pas bientôt fini de parler de lui à l'imparfait ! s'écria Thor. Vous faites tous des têtes d'enterrement, mais rien ne vous dit que ce garçon soit mort ou même blessé quelque part ! Pour ma part, je suis sûr du contraire ! Il est plein de ressources, et puis, s'il était mort, je le sentirais !

— Tu le sentirais ! c'est ça ! fit Yahvel.

— Oui, je le sentirais ! Je sens toujours ces choses là !

— Bon, d'accord, tu le sentirais... Et tu ne pourrais pas plutôt renifler où il se trouve là-dessous ? Au moins ton flair servirait peut-être à quelque chose !

Vexé, Thor quitta la tente et sortit faire un tour dehors.

— Yahvel, arrête !... tu sais bien que Thor a des talents, mais il ne les a pas tous... ne le prends pas comme bouc émissaire dans cette affaire ! Lui au moins n'y est pour rien !

— D'accord, d'accord ! excuse-moi... Je suis trop nerveux.

— Vas donc dormir si tu peux, ça te fera du bien !

— J'y vais. C'est ce que j'ai de mieux à faire plutôt que tourner en rond. Après tout, Thor a peut-être raison, Wong est peut-être encore en vie, mais que faire ?... Où le chercher ?... On ne peut pas éclater cette pyramide du sommet à sa base pour y pénétrer, ni fouiller le sol dans tous les environs. La radio ne passe pas, comment savoir où chercher ? On sait bien qu'il est parti vers le Nord puisque le couloir s'ouvrait sur le mur Nord, mais il peut avoir tourné de multiples fois après, dans n'importe quelle autre direction ! Là-dessous, où est-il ?... à quelle profondeur ?... Il faudrait toute une armée de pelleteuses pour défoncer le sol à un kilomètre à la ronde, et encore...

*

Thor était fâché ! Il en avait assez que Yahvel le prenne toujours pour un fantaisiste. Il avait eu envie de saisir son marteau et lui en ficher un coup quand l'autre lui avait reproché son manque d'utilité dans la peine où ils se trouvaient tous d'avoir perdu Wong. Mais c'était vrai, il ne « sentait » pas la mort du garçon... Wong devait être coincé quelque part là-dessous, pas nécessairement agonisant mais prisonnier peut-être d'une porte refermée sur lui, d'un puits inattendu dans lequel il serait tombé, ou n'importe quoi d'autre... Thor aimait bien Wong. Pas plus que ses frères esquimaux il ne connaissait la jalousie, et que le jeune homme soit tombé amoureux de Marion – et qu'elle le lui rendit bien, même si elle ne le savait pas encore – ne lui faisait ni chaud ni froid. Mais il détestait l'idée de perdre une vie si jeune... Il fallait à tout prix le localiser. Une fois le bon emplacement trouvé, on pourrait creuser avec davantage d'espoir de le retrouver à temps.

Il se souvint que sa baguette lui avait fait ressentir un vide sous la terre à l'emplacement des tombes... Est-ce que par hasard ?...

Il se rua vers sa tente et récupéra l'instrument. Fébrilement, il commença à décrire des cercles à partir du côté Nord de la pyramide. Immédiatement, il décela une faille dans le champ magnétique terrestre, chose qu'il ne savait pas nommer comme telle mais qu'il ressentit dans sa baguette comme une différence très nette du terrain sous ses pieds... Il continua en essayant de suivre ce qu'il devinait comme une veine dans la terre... À quelques dizaines de mètres de la pyramide elle continuait en obliquant vers l'Est. Il suivit toujours, les mouvements de la baguette lui indiquant lorsqu'il s'écartait de la piste souterraine... Thor marcha ainsi sur près de trois kilomètres. La piste invisible le conduisait tout droit vers l'une des nombreuses et minuscules pyramides insignifiantes qui parsemaient les environs. C'est en approchant que, dans le silence du désert, il entendit !

— Qu'est-ce que c'est ? On dirait du tam-tam !...

Approchant encore, il dut se rendre à l'évidence, le bruit régulier provenait de l'intérieur du petit monument ! Ce dernier, infiniment plus modeste que la pyramide blanche devait mesurer une dizaine de mètres de haut, pas plus. Thor grimpa rapidement jusqu'au sommet. Un trou de cheminée identique à celui de la grande mais plus étroit y était aussi. Le son venait de là. Il appela :

— WONG ?... Tu es là ?

— Enfin ! Je commençais à désespérer ! répondit la voix du jeune homme.

— Tout va bien ? Tu n'es pas blessé ?

— Non, je suis juste coincé ici, une porte s'est refermée derrière moi, mais j'ai faim, j'ai froid, je suis fatigué, et ma lampe n'éclaire plus, je suis dans le noir complet.

— Ne t'inquiètes plus. Je reviens avec du secours...

*

— Marion, tu dors ?...

— Non ! Comment veux-tu ?...

— Écoute, ça va te faire plaisir : j'ai retrouvé Wong ! Marion bondit de son lit.

— Tu as retrouvé mon petit Wong ? Où est-il ? Comment va-t-il ?

— Ne t'excites pas, il n'est pas ici. Je sais où il est, mais il y est toujours... Il faut aller à son secours. Il n'est pas blessé mais prisonnier à trois kilomètres d'ici dans une autre pyramide. Il a faim et froid dans le noir.

— Mais tu l'as vu ?

— Non, juste entendu.

— Ce n'est pas encore un de tes rêves ? Tu es sûr ?

— Enfin Marion !... de la part de Yahvel je comprendrais, mais pas toi !

— Excuse-moi ! Je te crois. Bon, ben... on y va ? Lampes torches, provisions, trousse de secours, cordes, exécution ! DEBOUT tout le monde ! cria-t-elle en tapant sur une casserole...

En quelques minutes, tout le camp était en émoi. Yahvel, encore tout ensommeillé, demanda :

— Qu'est-ce que c'est que ce raffut ?

— Thor a retrouvé Wong à trois kilomètres d'ici dans une petite pyramide...

On lui expliqua. Il prit les choses en main. Il ne comprenait toujours pas comment Thor avait eu l'idée d'aller chercher dans une pyramide parmi des dizaines d'autres, et à trois kilomètres ! Il n'y avait pas plus près ? Comment faisait ce type pour toujours trouver la bonne aiguille dans la botte de foin ?...

Ça faisait plus de quinze heures que Wong avait disparu, chaque minute comptait. On sortit les Jeeps de l'USS et la caravane s'élança vers l'Est dans la nuit noire. On savait maintenant exactement où l'on allait. On parcourut les trois kilomètres en beaucoup moins de temps que n'avait mis Thor à faire son aller et retour à pied.

On installa de puissants projecteurs autour de

l'édicule. Au premier coup d'œil Yahvel constata l'impossibilité de faire remonter Wong par le trou minuscule de cette cheminée-là. On put néanmoins lui faire descendre une nouvelle torche et des piles pour le matériel radio et vidéo, ainsi que des provisions et de l'eau. Wong allait bien, juste très fatigué, s'étant épuisé à taper contre les parois à l'aide d'une grosse pierre qui s'était détachée du plafond. Cette petite construction paraissait en bien moins bon état que la grande. Heureusement, la masse de pierre était beaucoup plus faible, mais il allait falloir travailler avec précaution pour le dégager.

On ne recula pas devant l'idée de raser le monument pierre par pierre depuis le sommet jusqu'à la petite salle où se trouvait prisonnier Wong. Cette construction beaucoup plus modeste et visiblement de moins bonne qualité ne résista pas très longtemps aux outils de l'USS, et dans le courant de la nuit, le sommet fut arasé jusqu'au tiers de sa hauteur. À midi, on avait quasiment atteint le plafond de la salle. On ne voulut pas le faire s'effondrer sur Wong en arasant plus bas. On élargit donc le trou, juste suffisamment pour que Marion puisse descendre. Elle ausculta Wong rapidement. Il était fébrile mais en bonne santé. Dans sa joie de le retrouver elle ne put résister au besoin de le serrer contre elle pour le réchauffer et le réconforter de chaudes frictions dans le dos. Le garçon étouffa sous la caresse mais ne dit rien. Il aimait cela. Ce corps aux formes splendides collé contre le sien le faisait frémir. Il lui redonnait une vitalité dont il avait soif. Frénétiquement, il chercha la bouche de Marion pour y boire. Elle se laissa faire...

— Hé, là-dessous ?.. Ca va ?...

— Oui, oui, ça va !... ça va même très bien ! confirma Marion amusée. Envoyez l'ascenseur !

*

Avec précaution, on avait élargi un peu plus l'accès de la petite pyramide. Maintenant, tout l'équipage pouvait s'y glisser sans problème malgré les solides épaules de ses membres. Et puisqu'il y avait une porte qui s'était refermée derrière Wong, on devrait bien trouver le moyen de la rouvrir, quitte à la faire sauter à la dynamite !

On n'eut pas besoin de cela. À la lumière des puissantes torches, on découvrit le mécanisme que Wong n'avait pas pu voir, et la porte s'ouvrit. Le couloir, et donc la Grande pyramide blanche, étaient maintenant accessibles en sens inverse...

Le lendemain matin, une expédition archéologique en bonne et due forme s'engouffra donc dans le petit édicule et suivit en sous-sol et à rebours la piste trouvée par Thor en surface. Refaisant le chemin inverse de Wong, la petite troupe parvint sans trop d'encombre à la Pyramide Blanche. Malgré un éboulement à proximité de l'accès à la salle, le couloir était en assez bon état d'un bout à l'autre et la porte bascula sans problème sur elle-même comme elle l'avait fait pour Wong. Ils installèrent aussitôt les projecteurs. Ce fut à ce moment-là qu'ils virent...

Les murs de la salle étaient remplis de fresques de couleurs magnifiques. La faible luminosité de la petite torche électrique de Wong n'avait pu les éclairer qu'imparfaitement pour la vidéo, mais là, leurs yeux n'en pouvaient plus de se régaler... Des glyphes inconnus déjà aperçus sur l'écran montraient maintenant des couleurs splendides, des bas-reliefs représentaient des petits hommes à grosses têtes et

171

des paysages, des fleurs, des arbres, de lacs et des rivières, comme celles qu'on voit sur les estampes japonaises et dans la peinture chinoise traditionnelle, mais de toute beauté. C'était tout un monde paradisiaque qui était représenté là !

— Extraordinaire !... Quelle beauté ! Quelle sensibilité avait l'artiste qui a fait ça ! s'exclama Marion.

— Et le plafond ! Vous avez vu le plafond ?... Je me trompe ou c'est la représentation du ciel de l'époque ?

— Non, tu m'as tout l'air d'avoir raison. Photographie le moi, Ariel, on vérifiera avec l'ordinateur de bord selon la configuration des constellations... C'est vraiment magnifique ! Tu as raison Marion, le ou les artistes étaient des grands.

— Oui, mais ce monstrueux tas d'os au milieu dépare vraiment le décor ! dit Ariel. On devrait le retirer. On pourrait les ranger dans le couloir, ça ferait meilleur effet.

Tous se mirent à la tâche, empilant consciencieusement les restes humains le long d'une paroi du couloir comme on fait dans les catacombes. On se fit la chaîne et le tas de squelettes diminua rapidement, jusqu'à ce qu'on s'aperçut qu'il était moins fourni qu'on ne l'avait cru tout d'abord... Les os des cadavres tombés pêle-mêle du plafond s'étaient entassés les uns sur les autres au fil du temps, mais sous les premiers se trouvait un élément qu'ils n'avaient pas encore découvert et qui apparaissait maintenant : Un sarcophage !

On débarrassa rapidement les os restants et le dernier coup de balai donné, on put admirer la chose... C'était un imposant parallélépipède de six pieds de long sur trois de large et deux et demi de haut. Il paraissait de métal, mais pas d'or comme le recouvrement des parois.

— On dirait de l'aluminium, dit Ariel, mais de l'aluminium doré...

— Du bronze d'aluminium, dit Yahvel. J'en ai entendu parler mais je ne savais pas que ça existait à cette époque !

— Ça s'ouvre ! Regardez, il y a des poignées, là ! fit Wong.

— C'est juste. Essayons...

Le couvercle s'ouvrit sans difficulté, aucune oxydation n'était venue en bloquer ou même en ternir les ferrures. Les côtés se rabattirent, basculant sur de discrètes charnières au ras du sol, et laissant apparaître un second sarcophage à l'intérieur du premier, en or celui-ci. De magnifiques ornementations de différentes pierres dures et précieuses en incrustaient les faces et le couvercle, qui comportait lui aussi des poignées. On le souleva également et l'on découvrit le troisième sarcophage, entièrement de Jade, du vert le plus pur et sculpté dans une seule pierre énorme, taillée dans la masse de cinq pieds de long sur deux de large et autant de haut. Au travers de la pierre polie et translucide, l'épousant comme un écrin de cristal, le corps embaumé d'un petit homme à grosse tête souriait de son dernier sourire. Et l'on pouvait y lire toute la bonté du monde...

*

— Quelle merveille ! admira Mikhaïl... Dommage qu'on ne puisse pas l'emporter ! Le couloir est trop étroit. Si les sept merveilles du monde existaient déjà, celle-ci serait la toute première ! Je n'ai jamais entendu parler d'une telle chose dans aucun musée. C'est unique au monde et je pense que ça le restera !

— Peut-être parce que nous ne l'aurons pas encore redécouverte ! fit Marion. Ou parce qu'elle aura été pillée avant dans les temps à venir ?... Vas savoir ! Les descendants de notre ami Wong seront peut-être moins respectueux que lui de l'héritage des « Fils du Ciel » ?... Nous avons bien trouvé le moyen de parvenir jusqu'ici. D'autres après nous le trouveront aussi... Refermons ce cercueil et partons.

— Avant cela, enregistrons tout, centimètre carré par centimètre carré. Même si l'on ne peut pas emporter ce trésor, il faut tout de même en conserver la trace. Par ailleurs, il y a quelque chose que nous pouvons emporter maintenant : les disques.

Les disques de pierres étaient toujours rangés sur l'étagère, empilés comme des chipsters dans une assiette d'amuse-gueules. Il y en avait bien une trentaine. Chacun devrait en prendre deux et tant pis s'ils étaient lourds.

C'est seulement après avoir soulagé l'étagère du poids de ses disques, qu'ils comprirent !... Un mécanisme invisible fit entendre un « clic, clic, clic » inquiétant. Tout le panneau où se tenait l'étagère commença de basculer comme une porte de garage. Ils coururent comme un seul homme se réfugier dans le couloir... Mais le panneau découvrit une large ouverture dans le mur qui donnait sur une autre salle plus petite. Contrairement à leur crainte, il ne se passa rien de plus. Pas d'effondrement de la voûte, pas de lance-flamme, pas de piège inattendu comme dans les plus classiques films américains. Juste une ouverture sur une autre pièce. Mais dans cette pièce...

— Whaoh !... s'exclama Mikhaïl.

— Whaoh ! firent en écho les autres.

— Pincez-moi ! dit Yahvel. Nous sommes sur une autre planète ou dans un film de science-fiction !...

La pièce secrète mesurait seulement cinq à six mètres de long sur quatre de large. Elle n'était pas décorée richement, juste peinte en blanc, mais d'un blanc éclatant, pigmenté comme un écran de cinéma pour mieux réfléchir chaque grain de la lumière qui tombait du plafond. Aucune source apparente de diffusion de cette lumière, mais elle était là, presque à en être palpable. Une paroi entière était couverte d'appareils hyper sophistiqués, montrant des manettes, des tableaux de commande, et au centre une énorme boule de la hauteur d'un petit homme, faite d'une matière comparable à du cristal de roche.

Dès l'ouverture de la porte, la lumière avait surgi du plafond, sans violence mais bien blanche, presque une lumière du jour extérieur. Des points lumineux apparaissaient maintenant sur les appareils, et leurs clignotements successifs indiquaient bien qu'ils se transmettaient des relais... Chacun était à la fois impatient et inquiet à la fois de voir la suite... Ce fut la grosse boule centrale qui s'anima, en même temps qu'une mélodie très agréable se faisait entendre, venant elle aussi de nulle part...

Le spectacle fut grandiose ! La boule de cristal, appelée ainsi par la suite à défaut d'un autre nom, fit apparaître à chacun, quel que fut l'endroit d'où il la contemplait, le même scénario. Mieux, ce n'était pas un scénario qu'on regardait de l'extérieur comme au cinéma, pas même une séance holographique, non, c'était comme si on était transporté soi-même DANS le scénario !

175

Les spectateurs étaient littéralement fascinés par leur vision. Une impression de défilement vertigineux tout d'abord, puis la vision du système solaire, leur système solaire, avec ses planètes familières si facilement identifiables... Familières ? Pas vraiment ! Quelle était celle-ci et que faisait-elle sur une orbite inconnue entre Saturne et Jupiter ?... Mais pas le temps de s'attarder, le défilement vertigineux reprenait, la Terre se rapprochait... « Tiens, elle n'a pas la même apparence ! tout comme à notre premier voyage » nota mentalement Mikhaïl... Le plan se rétrécissait, l'Asie grossissait sous leurs yeux, très vite d'abord, puis plus lentement, enfin, l'image changea : c'était le Fleuve Jaune et la région où ils se trouvaient. On reconnaissait parfaitement la chaîne de l'Himalaya au loin, bien qu'elle parût moins haute... Des petits hommes s'agitaient, une demi-douzaine environ, qui allaient et venaient à des occupations qui resteraient à jamais incompréhensibles... Les images allaient très vite !... « Trop vite ! Comme si le cerveau pouvait les enregistrer à cette vitesse ! » pensa Mikhaïl. Une nouvelle série d'images défila, présentant des humains hirsutes et poilus, le front bas et les arcades proéminentes... Des petits hommes s'affairaient autour... une espèce de bulle comme celle qui leur servait dans le vaisseau pour le sommeil léthargique... des instruments chirurgicaux, peut-être des tubes à essais, des appareils bizarres, se succédaient dans la boule... puis des enfants, jaunes olivâtre, des yeux bridés, stature normale...

« Des mutants ? » pensa Marion.

La séance finit sur un festival d'images et de sons aussi colorés qu'inaudibles, comme si on leur avait lu l'annuaire dans une langue gutturale inconnue en leur présentant des signes ressemblant davantage à des asticots qu'à des hiéroglyphes... Puis la salle s'éteignit. La porte commença lentement à se refermer. Ils sortirent d'urgence et se retrouvèrent dans la grande salle.

— Pfiouuu ! quel voyage ! Je m'y serais cru ! déclara Ariel.

— Je crois que ça a produit cet effet à tout le monde, confirma Marion. J'ai moi aussi éprouvé la sensation de voyager à une vitesse incroyable. Comme si nous avions fait le voyage de Sirius en cinq minutes !...

— C'est peut-être ce qu'ils ont voulu faire comprendre au spectateur ? suggéra Mikhaïl.

— Allons ! Tu ne vas pas t'y mettre toi aussi, Mikhaïl ! grogna Yahvel. Ça me suffit de Thor qui rencontre des gens d'Andromède parcourant 2,5 millions d'années-lumière pour lui rendre visite ! On ne peut pas centupler la vitesse de la lumière ! Tout le monde sait cela ! En tous cas, toi tu devrais le savoir !

— Gros malin ! Et qu'est-ce qu'on fait ici alors ?... Je te rappelle que si nous n'avons pas géographiquement parcouru une telle distance depuis Sirius, nous avons tout de même traversé 450 000 ans en seulement quelques instants la première fois que nous sommes arrivés ici.

Yahvel ne répliqua pas. Il n'avait pas de réponse.

*

Le retour au camp de base avait été silencieux. D'une part à cause du poids des deux disques que chacun transportait, d'autre part à cause de la vision surréaliste qu'ils avaient « vécue ». On avait rebouché soigneusement le trou de la petite pyramide en réajustant quelques blocs par-dessus. Au moins, si Wong n'en parlait pas, le secret serait préservé durant quelques siècles...

Le jeune homme était bien remis de son escapade involontaire, mais il l'était moins de la vision qu'il venait de partager avec l'équipage... Il s'adressa à Marion.

— Dis-moi Marion, qu'as-tu compris de cette boule magique ?

— Cette boule magique comme tu dis, il me semble qu'elle nous a raconté une histoire. Celle de tes fameux « Fils du Ciel ». Leur arrivée sur Terre et ce qu'ils y ont fait. Mais ça allait trop vite. Je n'ai pas tout saisi moi non plus...

— Tu crois que ce sont vraiment nos ancêtres ?

— Je ne sais pas... Je pense que non, mais il est possible qu'ils aient tout de même participé d'une manière ou d'une autre à l'éclosion de votre race... Après tout, ils étaient humains comme nous.

— Mais les autres, ces gens pleins de poils, c'est qui alors ?

— Je crois que ce sont aussi des ancêtres mais d'une autre race. Peut-être la race précédente. Selon moi, ces Fils du Ciel ont modifié génétiquement la race indigène pour lui insérer quelques-uns de leurs propres gènes... Mais c'est une hypothèse tout à fait gratuite. Il faudrait vérifier... Tiens, à propos, je dois pouvoir le faire avec ma carte de leur génome. Il faudra que j'étudie la tienne de plus près... Ça pourrait être une piste très instructive... Tu as un moment ?... Viens donc avec moi !

Marion emmena Wong au labo de l'USS. Elle le fit allonger sur la table d'examen et prépara une aiguille.

— N'aie pas peur, je vais juste te prendre un peu de sang en te piquant le doigt. Tu as l'habitude n'est-ce pas ? Tu n'as pas peur d'une petite aiguille ?... Tiens, fais le toi- même !

Wong se piqua le doigt et le tendit à Marion. Elle pressa la pulpe de l'index et fit tomber une goutte sur un papier buvard qu'elle introduisit dans un appareil, et lança l'analyse. Il ne restait qu'à attendre...

— Ça va ? demanda-t-elle. Tu n'as pas tourné de l'œil. Donne ton doigt que je lui mette un pansement.

Saisissant la main du garçon, comme fait une mère à son enfant pour une égratignure, elle la porta à ses lèvres et y déposa un baiser en souriant. Elle se préparait à y poser le pansement quand lui saisit la sienne et l'embrassa à son tour délicatement dans la paume, puis sur le poignet. Le contact inattendu de cette bouche fraîche avec la peau fine de Marion lui fit courir un frisson. Elle le trouva très agréable et se laissa faire. Le garçon s'enhardit et posa ses lèvres un peu plus loin à la veine du bras, puis plus haut encore... Le feu était mis ! Marion ne se contint plus. Elle l'attira à elle et l'embrassa sur la bouche. Il lui répondit comme un homme. Sa langue s'inséra entre les lèvres de Marion et elle constata que ce qu'elle avait pris dans la petite pyramide pour un innocent jeu d'enfant la troublait maintenant jusqu'à la pointe des seins. Au bout d'une minute de ce jeu, elle sentit sourdre entre ses jambes une humidité qui se répandait doucement, et elle réalisa soudain avec un peu d'angoisse qu'elle avait envie de ce gamin imberbe mais si courageux !...

Comme un animal sent la peur qui transpire de sa

proie, lui aussi sentit le désir monter en elle... Il n'avait jamais fait l'amour en vrai, mais il faisait confiance à Marion pour le lui apprendre ! Elle hésita une seconde, perdue entre son éducation qui lui interdisait d'aller plus loin et son désir de femme qu'elle ne pouvait nier et n'avait pas davantage envie de combattre... Le garçon sentit son trouble. Tout en maintenant le baiser, il descendit de la table et la prit dans ses bras. Elle rendit les armes.

« Attends ! ». S'écartant un peu, elle dégrafa sa tunique, le soutien-gorge sembla tomber tout seul. Ses seins fermes s'offrirent à la bouche de Wong qui s'en empara sur le champ. Marion glissa sa main sur la ceinture du jeune homme et en relâcha la boucle. La ceinture tomba. Le tissu de sa longue tunique s'écarta de lui-même, découvrant la jeune musculature d'un torse immaculé et de hanches bien faites. Le jeune sexe se dressait au bas du ventre comme un cobra prêt à mordre. Elle sourit du désir violent qu'il lui témoignait. Lui desserra à son tour le short de Marion qui tomba à ses pieds.

Sa découverte de la femme fut un florilège d'étonnements successifs. Il ne savait rien, mais quel instinct ! quelle tendresse ! quelle habileté du geste !... En rien de temps, elle était couchée à terre, sur la paillasse tombée de la table d'examen et de toute façon trop exiguë pour deux. La bouche sur son sein, il lui caressa le ventre, écarta ses jambes doucement et cajola du dos de la main le tendre intérieur des cuisses. La peau fine de Marion à cet endroit diffusait une odeur subtile, chaude et sucrée, qui attira sa bouche. Ses lèvres descendirent le long du corps, lentement, des seins au nombril, puis sur le ventre pour atteindre enfin le triangle soyeux... Elle commençait à jouir... Il fallait qu'il la pénètre, maintenant ! Elle le voulait en elle ! Tout de suite !...

Arquant son corps souple, de sa main droite dans son dos elle poussa le garçon sur elle. De la gauche elle guida le membre palpitant à l'orée de son entrecuisse et lui fit trouver le chemin de ses replis les plus secrets... Il y glissa très facilement... il n'avait plus qu'à se pousser sans effort au fond, tout au fond d'elle... Elle sentit sous ses doigts quelques perles de sueur éclore sur ses reins... En experte du corps humain, à petits coups bien distillés, elle le conduisit implacablement jusqu'à son extrême jouissance et sentit le flot de sa semence envahir son ventre par pulsions successives... Il râla... Il était temps ! Elle laissa échapper à son tour un long soupir d'extase qu'elle ne pouvait plus retenir...

— Charmant garçon, n'est-ce pas ?... Alors, jeune homme !... Est-ce que ça ne vaut pas une séance d'acupuncture ?

Marion sursauta. Thor s'encadrait dans la porte grande ouverte du labo. Elle avait oublié de la refermer, il avait dû observer toute la scène !... Il riait sans retenue en s'approchant du couple épuisé gisant à terre...

— Ah ! c'est malin ! Tu m'as fait peur...

— Peur ?... Pourquoi peur ? Qui crains-tu sinon toi-même ? Tu as l'air heureuse, très heureuse, c'est tout ce qui compte. Ne te soucie pas du reste !

Marion sourit. Elle eut un élan vers lui. Il se pencha vers elle, l'embrassa, puis sortit vaquer à ses occupations. Ce type était vraiment peu commun, la jalousie lui était complètement étrangère ! Elle sortait des bras d'un autre, encore dégoulinante de sa sueur et toute imprégnée de ses odeurs, et lui, pas même envieux ni jaloux, encore moins magnanime mais carrément princier, la félicitait d'être heureuse !...

« Quel homme étrange !... songea-t-elle. M'aime-t-il seulement ?... En tous cas ce n'est pas en notre 3ᵉ millénaire qu'on aurait vu ça ! »

*

Leur absence n'avait guère duré qu'une demi-heure et, sauf pour Thor, était passée inaperçue de tous. Marion récupéra les analyses du sang de Wong et les compara par ordinateur avec la carte des chromosomes des petits êtres. L'étendue de sa surprise ne fut comparable qu'à l'angoisse qu'elle engendra ! Le caryotype de Wong faisait apparaître certains chromosomes absolument identiques à ceux des macrocéphales !

Sans aller jusqu'à analyser le rôle de chaque gène à l'intérieur de chaque chromosome – l'analyse du génome lui-même aurait demandé des heures de calcul –, on pouvait déjà être sûr que les deux races étaient parentes ! Wong descendait bien des « Fils du Ciel » !...

Prise d'un doute, Marion rapprocha alors les autres caryotypes à sa disposition pour les comparer. De ceux des membres de l'équipage, tous sans exception avaient des ressemblances frappantes concernant les mêmes chromosomes... Elle compara alors celui de Thor, dont elle avait précédemment relevé l'empreinte génétique à toute fin médicale. Rien ne correspondait plus ! Ce constat était lourd de signification. Ça voulait dire que tous les humains modernes, comme elle ou les autres membres de l'équipage, ainsi que Wong, constituaient par rapport à Thor une famille différente de l'espèce humaine. Une famille dont les Fils du Ciel étaient membres, et aussi différente de celle de Thor que le singe l'était de l'homme ! Elle en conclut immédiatement une chose : comme tous les croisements entre espèces, les enfants nordiques qu'ils avaient laissés derrière eux et probablement en Égypte à leur premier voyage étaient sans aucun doute stériles... Ça changeait tout !... Elle devait en prévenir les autres... Elle convoqua une réunion générale.

— Voilà ce que j'ai trouvé et ce qu'on peut en conclure, dit-elle. Je ne peux malheureusement pas changer la réalité des choses. Nous avons cru que ces Géants du Nord qu'on retrouvait partout depuis notre dernier atterrissage étaient nos descendants... Eh bien non ! Ils sont probablement, comme Wong, les descendants d'autres invasions ultérieures parties d'une source en Asie !... Vos propres gènes à tous en témoignent !... Sauf toi, Thor... Tu n'es pas de la même famille humaine que nous autres. Je suis désolée de te dire cela, tu ne fais pas partie de la même espèce que moi et nos éventuels enfants seraient stériles. Ils ne pourraient pas procréer à leur tour. Si tu veux des petits-enfants, il te faudra les faire avec une autre que moi dans ton peuple d'origine.

— Je me doutais bien que nous ne vieillirions pas ensemble ! répondit laconiquement Thor. Pour moi, ce n'est pas grave ! Puisque Hyperborée n'est plus, vous n'aurez qu'à me laisser en Égypte à notre prochain passage... Mais les enfants ?...

— Pour vos enfants, intervint Yahvel, je suis désolé messieurs, mais il est préférable que nous les oubliions. Qu'ils aient vécu en paix parmi ceux de leur espèce... Au moins les enfants là-bas étaient ceux de la tribu entière, quels qu'en fussent les pères génétiques !... Bien qu'ils n'aient certainement jamais eu de descendance, nous leur avons laissé au moins cette illusion de croire qu'ils étaient comme les autres !

Finalement, c'est mieux comme ça. Ils auraient trop souffert parmi nos conventions égoïstes... Et puis, ça nous évitera un nouveau voyage dans le temps car le moins qu'on puisse dire est que nous avons bien raté ce retour programmé pour leur adolescence.

— Ce raisonnement choque fortement ma sensibilité de femme, dit Marion, mais je dois reconnaître que tu as raison. De toute façon maintenant, ce peuple primitif a disparu... Laissons les morts enterrer les morts !...

12

Les caractéristiques génétiques découvertes par Marion changeaient complètement la donne ! Il ne s'agissait plus de corriger les erreurs de leur supposée descendance, puisque celle-ci avait tourné court, mais de comprendre Qui, puisque ça n'était pas elle, avait profité à sa place du savoir déposé en Hyperborée... Il y avait nécessairement eu des intrus dans l'affaire ! On se doutait que les macrocéphales y étaient sans doute pour quelque chose mais, ça n'expliquait pas tout...

— Si je comprends bien, résuma Yahvel, ces Fils du Ciel sont arrivés de l'espace entre nos deux derniers séjours ?

— C'est ça, oui. Ils ont dû arriver sur Terre bien avant le Déluge...

— Ils sont apparemment arrivés directement en

Asie, d'après ce que nous en avons vu. Mais alors, d'où viennent ces fameux « Géants du Nord » dont on nous a rebattu les oreilles partout ?

— Là, il convient sans doute de passer l'information au crible. Procédons par ordre... Tout d'abord, nous n'en avons jamais vu : il est possible qu'ils soient grands, certes, mais pas forcément plus que nous. Nous aussi, nous paraissions des géants comparés aux petits gabarits indigènes d'Égypte d'il y a 400 000 ans, et même par rapport à Wong. Ses concitoyens se sont même amusés de cette ressemblance. Et pourtant, Wong est de la même famille que la nôtre. Il faut donc relativiser, à mon sens, les appréciations sur leur grande taille émises par les uns et les autres. Ces andins de Titicaca n'étaient pas bien grands non plus...

— Ok, admettons ! Ces géants n'en étaient pas, mais ça change quoi ?

— Ça change la conception qu'on s'en fait. Supprimons de notre vocabulaire les termes ambigus ou les appréciations subjectives les concernant, et nous trouvons des hommes tout simplement !

— D'accord, mais des hommes singulièrement plus avancés que les autres, et que je soupçonne fortement d'avoir bénéficié des enseignements laissés par nous pour nos enfants nordiques !...

— C'est une autre affaire, dit Marion. Elle n'est pas nécessairement liée, ou peut-être pas comme on le croit... Il nous faut admettre, puisque la parenté biologique est patente, que les Fils du Ciel ont d'une manière quelconque modifié des gènes autochtones en Asie, créant une race nouvelle et porteuse d'un savoir supérieur... Vous me suivez ? Peut-être sont-ils même allés ailleurs qu'en Asie sans qu'il ne reste trace de leur passage, mais pour l'Asie au moins, nous sommes sûrs... Or, il y a une dimension mathématique à l'expansion de cette nouvelle race...

— Comment cela ?

— C'est l'évidence même. Un rapide calcul à progression exponentielle montre que 2 grains de riz sur la première case d'un échiquier, 4 sur la seconde, 8 sur la troisième, etc., donnent des milliers de tonnes de riz sur la dernière. À peu près 36 milliards de milliards de grains. Et un échiquier ne comporte que 64 cases, mais à votre avis, combien de générations se sont succédées depuis 20 000 ans ?... Au moins dix fois plus. La planète aurait pu être repeuplée des centaines de fois. Sachant que l'Amérique de notre second millénaire a été envahie de colons qui ont éradiqué les races indiennes en un peu moins de deux siècles, on peut parfaitement envisager qu'une race nouvelle d'Homo-sapiens-sapiens, surgie en apparence de nulle part et porteuse d'une connaissance très supérieure à ses rivales, ait envahi le monde entier et supplanté toutes les autres en moins de trois mille ans, soit 64 générations d'une cinquantaine d'années chacune, ce qui est déjà beaucoup pour l'âge moyen de la mortalité humaine de cette époque... Par ailleurs, nous savons maintenant qu'il n'est pas besoin de nombreuses générations pour changer la pigmentation de la peau ou la longueur du nez si les conditions environnementales s'y prêtent !

— C'est exact. Les descendants d'esclaves transplantés l'ont démontré. En quelques générations leur peau a blanchi et leur morphologie s'est modifiée. Mais c'est la sélection naturelle...

— Jusque là, ça se tient ? Bon ! Supposons maintenant qu'à notre insu et quelques millénaires avant ou après qu'on ne les rencontre, nos Vikings -

ceux qui faisaient cette si bonne bière, souvenez-vous !
- aient étés en contact avec ces « Fils du Ciel »
asiatiques...

— Et il semble bien que ce soit le cas puisque l'on
fête ici depuis des temps immémoriaux ces « bateaux-
dragons » qui les rappellent tellement, rappela Mikhaïl.

— Supposons aussi qu'après que nous les ayions
visités, ces Vikings donc, aient fait une incursion chez
nos Thots en Hyperborée... Ils auront probablement
bénéficié comme nous de leur hospitalité, voire de
leurs femmes, n'est-ce pas messieurs ? N'étant pas de
la même espèce, tout comme vous ils n'ont PAS PU en
avoir des descendants au-delà du premier degré, mais
ils pourraient avoir bien profité tout de même des
connaissances laissées là pour les nôtres... Si mon
hypothèse est juste, ils auraient trouvé – ou retrouvé –
en Hyperborée une science – la nôtre – différente et
complémentaire de la leur, autrement dit de celle des
Fils du Ciel !... Or, comme nos Thots, ces gens étaient
visiblement de grands voyageurs, mais eux étaient
beaucoup plus aptes à appréhender ce savoir, et ils
étaient BLONDS !... Et tous ces « géants » dont on
nous a parlé l'étaient aussi !...

— Hum... En ce cas, nos chasseurs polaires et
poilus n'existent plus !

— N'ayons aucune illusion là-dessus, en effet ! J'en
suis attristée pour Thor... Nos compagnons nordiques
étaient certainement les derniers représentants des
Néandertaliens quand les Vikings d'à-côté étaient déjà
des homo-sapiens comme nous... Ils étaient barbus en
diable, mais pas velus comme nos Thots. D'autre part,
leur technologie nautique et leur science de
l'agriculture étaient aussi très différentes et bien plus
avancées...

— Oui ! ça m'avait d'ailleurs fort étonné de trouver une aussi bonne bière à l'époque ! plaisanta Ariel.

— Je ne vous le fais pas dire ! sourit Marion.

— Ça fait tout de même beaucoup de suppositions, Marion ! intervint Yahvel. Il nous faut d'abord croire à ces petits hommes verts, enfin, jaunes olivâtres, débarqués de Sirius, puis supposer que les vikings aient eu leur origine dans ce coin d'Asie, enfin imaginer qu'ils aient pillé notre bibliothèque avant de se lancer à la conquête du monde !... Je trouve tout ça un peu fort de café, excuse-moi !

— Le contraire m'étonnerait, tu es le prototype de l'incrédule, Yahvel ! Mais tu l'as vu comme nous ce petit homme vert ! D'où qu'il vienne, il était bien là, non ?

— J'en conviens.

— Et la fête des bateaux-dragons ? Elle existe aussi, nous y avons participé !

— C'est encore vrai, mais...

— Pas de mais, je te prie. Des faits ! La science démontrée dans cette pyramide incroyable, je ne l'invente pas non plus ? Et les chromosomes identiques aux nôtres, ça au moins c'est une donnée irréfutable, tu ne peux pas la nier ? ! ! !

— C'est vrai aussi...

— Alors, la seule déduction logique est que NOUS SOMMES des descendants de ces petits hommes verts, Yahvel ! Et cette descendance passe par les Vikings. Arrange-toi comme tu veux avec ça, c'est incontournable ! Les traces génétiques sont là !

— Pfff !... je deviens fou moi avec cette histoire ! Tu veux dire que nous aurions notre origine dans les étoiles ?

— Il suffit d'être logique. Si tu as l'esprit un tant soit peu ouvert, ça va plus vite, mais la seule logique est suffisante. Il y a pourtant une question qui me turlupine...

— Ah ! Tout de même ! Et laquelle je te prie ?

— C'est l'aspect physique de ces Fils du Ciel... Cette énorme tête... Ces gens devaient avoir une intelligence dépassant tout ce qu'on imagine !

— Il y a des chances, en effet...

— Dans ces conditions, pourquoi sont-ils venus sur Terre ? Avant leur venue n'existait qu'une race humaine aux capacités intellectuelles limitées... Que sont-ils venus y chercher ou y faire ? Je n'ai pas l'intention de me mettre à croire en un ni en des dieux !... Pourtant ils ont agi comme tels !

— Et c'est ça qui te gêne ? Nous l'avons bien fait nous, avec les petits êtres d'il y a quatre cent mille ans, en Égypte...

— Non, non ! C'était très différent !... Nous les avons éduqués un minimum pour une question de productivité. C'était en quelque sorte par obligation pour notre propre survie, par accident au regard de l'histoire ! Et, même si nous ne sommes toujours pas parvenus au temps que nous espérions rejoindre, nous sommes repartis du leur aussitôt que possible, les rendant lâchement à leur condition première et en toute insouciance quant à leur avenir ! De plus, comme nous n'avions pas modifié leurs gènes, ils ont eux aussi disparu.

— Et alors ?...

— Ce que nous n'avons pas fait, les « Fils du Ciel »

eux l'ont fait ! Ils ont modifié les gènes humains pour donner naissance à une nouvelle espèce... Et pourtant eux aussi ont dû repartir... Au moins un certain nombre puisque nous avons pu en compter une demi-douzaine ou plus sur les images mais nous n'avons trouvé que deux tombes et le sarcophage. Et encore moins l'astronef !

— Il est peut-être enterré quelque part ailleurs ?

— Je ne pense pas... Je dirai même plus : on pourrait penser que certains ont pu se sacrifier pour que les autres repartent ? Et bien ce n'est pas mon avis. Ceux que l'on a vus là sont restés volontairement !

— Et qu'est-ce qui te fait dire ça ?...

— D'abord le fait qu'ils aient pris tellement soin de leur représentant, car on peut supposer que celui du sarcophage de jade était un type important... Si toi, Yahvel, tu étais mort en cours de route, nous t'aurions enterré quelque part sur une planète ou jeté dans une capsule dans l'espace comme les marins, d'accord ?

— Hum... oui ! Ce qu'à dieu ne plaise !

— Mais nous ne serions pas restés des années, voire des centaines d'années dans leur cas, juste pour t'offrir un luxueux tombeau...

— Ça prouve simplement que vous m'aimez moins qu'eux n'aimaient leur chef ! plaisanta Yahvel.

— C'est ça ! Blague à part, s'ils sont restés si longtemps, c'est soit que leur vaisseau avait une sacrée avarie, ce que leurs images ne suggèrent aucunement, soit qu'ils avaient une toute autre mission à remplir nécessitant de passer une longue période sur Terre... Ils ne sont pas restés seulement pour lui faire un joli tombeau si efficacement défendu contre le pillage ou les déprédations. Et puis, cette boule à images... n'est-elle pas un programme éducatif ? Ou, pour le moins, un témoignage destiné aux générations futures ?...

— Il nous faut bien l'admettre... mais encore...

— Je ne sais pas... je cherche l'explication... En tout état de cause, je me dis que puisque leur vaisseau n'est plus là, c'est que les autres sont repartis avec. Donc, ils n'étaient pas venus pour s'installer définitivement. Si cet atterrissage n'avait été qu'accidentel, ils seraient tous repartis sans laisser de traces aussi imposantes, aussi élaborées. J'en conclus que ça n'était pas accidentel, que c'était donc une « mission ponctuelle ». En conséquence je cherche à en comprendre la raison, à en définir la nature et je me dis que dans ces cas là, on doit observer les résultats. Ce qui nous ramène au sujet de tout à l'heure !...

— Tu veux dire que leur « mission » entre guillemets, aurait pu être d'accélérer l'évolution de l'humanité par un ensemencement génétique ?... comme un genre de greffe sur une humanité primaire sauvage ?

— Tout conduit à le penser, oui... L'homo-sapiens apparaît sur Terre peu de temps avant que ces gens n'y débarquent. Et d'Homo-Sapiens il devient immédiatement l'Homo-Sapiens-Sapiens, l'espèce qui va conquérir le reste du monde, éliminant les familles concurrentes moins bien équipées au plan biologique. Or il se trouve que cette famille gagnante est la nôtre ! ... La coïncidence n'est pas fortuite. Le choix d'une forme pyramidale avec ses caractéristiques si particulières sur le plan de la physique comme sur celui du symbolisme, le choix d'en faire un tombeau, mais un tombeau de luxe et hautement pédagogique, initiatique dirai-je, démonstratif de leur technologie si avancée mais si sévèrement protégée, le choix d'y

191

laisser une bibliothèque de leur savoir, tout ça démontre qu'ils s'adressaient à quelqu'un à travers le temps !... Et ce quelqu'un ne pouvant être que de futurs visiteurs célestes, ou leurs lointains descendants, donc NOUS !... Toute cette mise en scène n'était donc destinée à personne qu'à d'autres visiteurs comme eux, ou... comme NOUS ! Nous, humains du 3ᵉ millénaire !

— À nous ? ! ! ! Mais dans quel but ?... En quoi est-ce que notre avenir pouvait les concerner, s'ils étaient si avancés eux-mêmes ?

— Qui sait, Yahvel ? Il s'avère à posteriori que leur avenir est devenu notre passé. Même notre présent... Leurs raisons initiales peuvent avoir été multiples, on peut tout imaginer. Tout bêtement leur besoin d'expansion peut- être ? N'ayant plus de place sur leur propre planète, ils sont venus coloniser la nôtre en implantant une souche compatible avec la leur ? Cette souche aura ravagé l'écologie en prenant la place des souches autochtones moins bien équipées ? Ça ne serait pas surprenant, regarde les ravages des OGM du 20ᵉ siècle !... Mais ce peut être aussi par amour de la Vie, tout simplement. Dans quel but apprends-tu ta science à tes enfants ? Chacun sait qu'il est bien plus profitable que des esclaves ne soient pas trop éduqués, ça permet de les maintenir en dépendance, mais ses enfants, ce n'est pas dans le but intéressé de les faire travailler pour soi qu'on les éduque, n'est-ce pas ?... Tu te sacrifies même pour « qu'ils s'en sortent » comme on disait autrefois. Donc tu le fais par amour pour eux, il n'y a aucune autre raison... Regarde ce que nous avons fait nous-mêmes : à notre premier voyage, nous nous sommes sauvés comme des voleurs après avoir fait travailler nos esclaves comme des bêtes, d'accord ? Mais à notre second voyage, quand nous avons réalisé que nous avions des enfants, nous avons réagi tout autrement cette fois !... Nous leur avons laissé un programme d'éducation !

— D'accord pour NOS enfants, mais ce sont les nôtres !... Pour ces « grosses têtes », nous n'étions pas encore les leurs, en admettant même que nous les soyons devenus maintenant...

— Hé !... Mais justement ! Nous le sommes devenus, maintenant ! Et ceci n'est pas le résultat d'une adoption, mais bel et bien d'une filiation génétique voulue, même si elle fut asexuée !

— Oui, mais non ! Là, je ne te suis plus ! Tu mets l'effet avant la cause !... Ce n'est pas un raisonnement scientifique !

— C'est vrai, mais je crains que cette logique là ne soit dépassée, Yahvel ! Ne sommes-nous pas ici avant notre naissance ?... Et même très longtemps avant celle de nos géniteurs !... Où est la cause, et où est l'effet ? Je crois qu'il va nous falloir sérieusement réviser notre sens de la chronologie !

— Réviser la chronologie ? ? ! ! !

— Oui, tu as bien entendu. Je veux dire que la théorie habituelle, valable dans l'espace-temps linéaire d'un monde en trois dimensions comme celui d'où nous venons, n'a plus cours ici puisque nous sommes dans notre propre passé... Pour notre 3e millénaire, nous n'existons PAS ENCORE, comprends-tu ?... Et pourtant, comme dira Shakespeare : NOUS SOMMES ! Et nous agissons sur ce passé... Il nous faut donc réviser nos perspectives et les adapter pour un monde en QUATRE dimensions ou davantage, où l'effet futur n'est plus conditionné par une cause préalable mais bien par la VOLONTÉ d'intervenir ou non dans son temps originel.

— Toubib or not toubib ! Cette fille me prend la tête avec son Shakespeare ! s'exclama Yahvel. Tu comprends quelque chose à ce salmigondis toi, Mikhaïl ? C'est un charabia incompréhensible pour moi ! Qu'est-ce que ça veut dire ?... La volonté crée, oui, dans le monde temporel normal. Si on est décidé à réaliser un bateau pour aller à la pêche le week-end, on se le dessine et on le construit, j'en suis d'accord. Mais concernant le passé et l'avenir, je ne vois pas ce qu'on peut décider... C'est le temps qui décide pour nous !

— J'essaie de suivre... En tant qu'ingénieur, je dois dire que je suis comme toi, j'ai du mal, mais sur le plan ethnologique c'est une hypothèse intéressante... Poser la finalité avant la cause première induit une façon très différente d'aborder la grande question de la VIE, mais pas plus idiote qu'une autre, en tous cas du point de vue où nous sommes actuellement... C'est la théorie de l'Évolution à l'envers, si j'ose dire, une véritable RÉ-volution !... Dans un monde sauvage, c'est la sélection naturelle qui favorise la survie des mieux adaptés, mais dans cette optique nouvelle c'est la volonté qui conditionne l'acquisition des aptitudes futures à cette survie... Tout comme dans ton histoire de construction maritime... En somme, la fonction crée l'organe par simple énoncé de l'imaginaire, avant même d'en ressentir la nécessité environnementale... « AU DÉBUT ÉTAIT LE VERBE ! » disent les Écritures... C'est intéressant !...

— Précisément ! Et lorsqu'on maîtrise le temps, les paramètres s'inversent ! Nous en sommes les preuves vivantes !

— Qu'entends-tu par là ? Nous ne sommes pas arrivés dans le passé par notre propre volonté !

— Non, je suis consciente que ce fut par accident,

au moins les deux premières fois. Ce n'est pas ce que je veux dire, mais pourtant c'est arrivé ! Ce qui prouve que cela se PEUT. Et si cela se peut par simple « accident », c'est donc aussi reproductible VOLONTAIREMENT... Il suffit d'en maîtriser les paramètres. Normalement, par deux fois, nous aurions dû tous mourir dans ce trou noir... Et par deux fois, nous avons survécu... J'ignore comment, mais notre volonté de vivre y est sans doute pour quelque chose ! La troisième fois, c'est différent, puisque nous y avons étés aidés.

— Et allez donc ! Encore ces chromatononautes !... Vous êtes fous, tous autant que vous êtes, si vous croyez à cette histoire de fantômes ! Je n'en ai pas encore rencontré d'extra-terrestres, pourtant je veux bien croire qu'il en existe, loin, très très loin d'ici. Mais des anges gardiens qui vous parlent à des années lumières de distance...

— Yahvel ! intervint Mikhaïl, tu es comme moi, c'est ta formation scientifique qui t'empêche précisément de considérer les choses non quantifiables... C'est ton défaut, ta lacune personnelle, et chacun a la sienne... En général, c'est toi qui a raison, mais là je crains que Marion n'ait levé un sacré lièvre...

— Libre à toi de ne pas y croire, Yahvel, renchérit Marion. Mais le fait est que les données introduites par Thor nous ont sortis en douceur du mauvais pas où nous nous trouvions, et tu l'as reconnu toi-même à propos des harmoniques...

— D'accord, j'ignore comment il a mis le doigt dessus et on lui doit la vie, ok, mais cette histoire d'anges venus de plusieurs années-lumière, ça c'est impossible, qu'il les ait « entendus » ou non !... Thor ne serait pas le premier qui aurait des hallucinations auditives !...

— Halte ! C'est moi le médecin, Yahvel ! Thor n'a pas eu d'hallucinations ! Son cerveau n'est pas aussi volumineux que les nôtres, c'est vrai, mais il fonctionne à la perfection et ce n'est pas un imbécile ! Il est même beaucoup plus sensitif que nous, comme tous les gens proches de la Nature. S'il a « entendu » quelque chose, ainsi que tu insinues, je te garantis que c'est parce qu'il y avait quelque chose à entendre ! Et comme par hasard, ces choses relevant d'un domaine parfaitement inconnu de lui étaient précisément celles qu'il nous fallait trouver ! Et ce, juste au moment où nous en avions le plus urgent besoin ! C'est plus que troublant tout de même !... Ne sois pas de si mauvaise foi, ça n'est pas ton genre habituellement ! Et puis... quant aux extra-terrestres qui seraient tellement loin, quelles preuves te faut-il de plus ? Tu as vu comme nous ces « grosses têtes » et leurs images vertigineuses !...

— Images qui ne nous avancent pas à grand-chose ! J'en ai raté la moitié, ça allait bien trop vite !

— Eux devaient considérer cette vitesse comme suffisante... Preuve que leur facultés étaient sans doute très supérieures aux nôtres !... En tous cas, Ariel a filmé tout ça, on va pouvoir le visionner à nouveau, au ralenti cette fois... Mais ce n'est pas l'objet de cette discussion, revenons à nos moutons :

Quand je dis que la volonté préside non seulement à la réalisation d'objets matériels issus de la main de l'homme mais influence également des choses immatérielles ou physiologiques, je n'invente pas grand-chose. Ce n'est guère qu'une extension du principe sous-tendant les maladies psychosomatiques et autres symptômes étranges comme les stigmates, signes toujours inexpliqués d'une affection mentale ou spirituelle inconsciente, généralement d'identification

196

religieuse, comme par hasard !... L'esprit a une puissance que l'on soupçonne à peine ! Il agit sur le corps, pour moi c'est clair même si l'on ignore comment. Mais sans doute est-il capable aussi d'agir sur des éléments extérieurs et impondérables comme la gravitation ou l'espace-temps ?... Là encore, ça ne sera pas une preuve pour toi, Yahvel, mais cette faculté de se déplacer en rêve que j'ai personnellement expérimentée me confirme dans cette hypothèse et laisse à penser qu'une volonté bien dirigée peut contracter l'Espace-Temps en toutes ses dimensions...

Et le temps n'est qu'une composante du continuum, ajouta-t-il.

— Vous êtes fous !... Ils sont tous fous ! lança Yahvel en décrochant. J'en ai assez entendu pour ce soir, je vais me coucher.

*

Les disques avaient été confiés à Gabriel, le champion du décodage. Mais Gabriel avait du mal... Ces sacrés glyphes gravés dessus lui donnaient du fil à retordre. Ils ne correspondaient à rien, ni à un alphabet, ni à des phonèmes, ni même à des pictogrammes ou alors très incomplets. On les avait appelés hiéroglyphes à défaut d'un autre nom mais qu'était-ce, dans le fond ?... Il allait rendre les armes, se déclarer vaincu par ces signes cabalistiques, quand Mikhaïl fit tout haut une observation élémentaire :

— Mais pourquoi ces marques sont-elles sur des supports en forme de disques ? dit-il. Et pourquoi cette déformation bizarre ?

— En effet... Pourquoi ? plaisanta Yahvel. Ces

197

grosses têtes auraient pu tout aussi bien laisser ces signes sur les murs ou sur du papier quadrillé ! Ces gens-là n'avaient pas le sens pratique !

— Hum... Pas le sens pratique ? Ça m'étonnerait de tels cerveaux ! La question est pourtant judicieuse. Pourquoi des disques en effet ? Quelles qualités spécifiques apporte une telle forme à un stockage d'information ?

— Ben la première qualité d'un disque, c'est de tourner... risqua Ariel. Mais là, ils sont tellement déformés...

— Et puis de tourner, oui. Mais tourner comment ? Sur lui-même ? Sur un axe ?... Ils n'ont pas de trou central... Tu penses bien que j'ai déjà tout essayé. La lecture circulaire, rayonnante, et je les ai fait tourner à plusieurs vitesses... Rien ! En plus, c'est probablement codé ? Nous aurions dû regarder mieux dans la pyramide. Il y avait peut-être un moyen de lecture ou un mode d'emploi ?... Mais je n'ai rien vu de tel...

— Oui... On aurait dû y penser avant de refermer.

— Il y a une autre manière de faire tourner un disque, dit Mikhaïl. Une manière inhabituelle certes, mais qui donne des résultats surprenants...

— Ah oui ? Moi, je n'en connais pas d'autre...

— Je repense à une vieille pièce de monnaie que mon grand-père faisait tourner sur son comptoir... Il la tenait debout d'un doigt et, d'une pichenette, il la faisait tourbillonner sur la tranche comme une toupie. Avec l'illusion d'optique ça formait en tournant une sphère virtuelle du plus curieux effet... On pourrait essayer ça ?

— Bah ! Au point où on en est !

On mit rapidement au point un système d'élancement pour faire tourner un disque de pierre sur sa tranche à différentes vitesses, et l'on procéda au premier essai. Immédiatement, une sphère virtuelle apparût aux yeux des eloïmes. Une sphère qui s'équilibra d'elle-même pour tourner préférentiellement sur un point précis de sa tranche plutôt que sur un autre... Une sphère dans laquelle les glyphes s'assemblaient et se complétaient les uns les autres comme les pages d'un carnet de dessins qu'on feuillette à grande vitesse, créant l'illusion d'une animation.

Les incompréhensibles signes de départ se mêlant dans la giration du disque pouvaient maintenant se lire exactement comme les hiéroglyphes égyptiens, bien rangés ligne par ligne depuis le haut jusqu'en bas. Mais le plus fabuleux, c'est qu'ils se révélaient ÊTRE d'authentiques hiéroglyphes égyptiens !

— Incroyable ! J'hallucine !

— Merde alors ! laissa échapper Rael. Nous revoilà en Égypte ! Décidément, on n'en sort pas...

— Oui... dit Marion, mais outre l'aspect surprenant de cette découverte, il faut reconnaître que ça ramène une certaine cohérence à l'histoire... Une cohérence qui ne laisse pas de m'inquiéter... Au temps où nous sommes actuellement, environ cinq mille ans avant J.C. je vous le rappelle, il n'y a encore aucun hiéroglyphe connu en Égypte. C'est seulement à partir ce cette même époque où nous sommes qu'ils vont commencer à se répandre en grande quantité et subitement !... Y serions-nous pour quelque chose ?

— J'en doute. Puisque nous y sommes déjà passé en cette époque et que nous n'y avons trouvé que ces conquérants soi-disant descendants d'Hyperborée qui me semblent plus proches des Celtes ou de supposés Atlantes que de la culture égyptienne classique...

— Précisément ! Ce n'est donc pas eux qui vont y introduire l'écriture hiéroglyphique. On peut supposer avec une grande probabilité qu'ils aient traîné leurs guêtres partout autour du monde et notamment en Extrême-Orient durant les quelques millénaires précédents... Ils en ont certes remporté un savoir important, et ils ont peut-être un rapport, sans aucun doute même, avec Sumer et l'écriture cunéiforme, mais pas avec les hiéroglyphes ! C'est donc forcément quelqu'un d'autre qui introduira en Égypte ceux que nous avons maintenant sous les yeux...

— C'est juste. Mais qui ?

— Moi peut-être ?!

Les eloïmes se retournèrent d'un bloc. Thor était derrière eux, souriant de toutes ses dents.

— Toi Thor ? Mais pourquoi ? s'étonna Marion.

— Tout simplement parce que je n'ai plus aucun pays où aller reposer mes vieux os, et que l'Égypte me plaît bien. Si vous vouliez m'y déposer en repartant, car vous allez repartir bien sûr, je crois que je m'y ferais volontiers une place pour le restant de mes jours...

— Mais tu ne veux pas retourner dans ton pays nordique ?

— Pourquoi faire ? Les miens ont disparu. Je ne pourrai jamais y fonder une famille et je m'y sentirais aussi étranger qu'ailleurs... Dans ces conditions, à choisir, je préfère un pays au climat plus agréable.

— Va pour l'Égypte si ça te chante, fit Rael. Mais de grâce, Thor, ne vas pas troubler la marche du temps en te mêlant d'enseigner quoi que ce soit aux égyptiens actuels...

— Je ne vois pas ce que je pourrais troubler. Ce qui est écrit est écrit. Vous dites vous-même que ces hiéroglyphes y sont apparus à l'époque actuelle... Que j'en sois l'auteur ou pas n'y changera rien. Je me contenterai d'accompagner le mouvement et je pourrais toujours m'établir comme scribe ou comme chaman instructeur. Ici pas de chasse à la baleine possible, il me faudra bien vivre de quelque chose. Quant à vous, vous allez rentrer chez vous, je le sais, je l'ai lu dans les runes. Pas tout de suite encore, mais un jour vous rentrerez. Puis d'autres comme vous viendront aussi, de votre temps et grâce à vous. Je sais ce qui vous adviendra. Et je sais que j'ai un rôle à jouer pour cela... Si c'est la chose que je dois accomplir sur cette terre pour qu'il advienne ce qui doit advenir, alors, je suis prêt...

— Qu'est-ce que c'est que ce charabia, Thor ? demanda Yahvel. Tu prétends avoir un rôle à jouer en Égypte ?

— En Égypte ou ailleurs, Yahvel, ce que je sais maintenant je dois le transmettre à quelqu'un. J'ai beaucoup appris grâce à vous, mais il y a aussi beaucoup de choses que vous ne savez pas encore et que moi je sais... Notamment ce qui se passe après... Non seulement après l'instant présent mais aussi, surtout, après la vie... Je dois l'écrire. Vous m'avez appris à le faire. Je vais donc devenir scribe et j'écrirai un livre que le monde n'oubliera jamais. Ce sera un guide, le « Livre des Morts » ou le livre de la vie. C'est tout ce que je peux encore faire pour ce monde qui n'est déjà plus le mien, mais je vais le faire. Je dois le faire. Sinon, je n'aurai servi à rien, conclut-il tristement.

Yahvel se sentit ému par ce type si bizarre, qui n'avait plus de vraie famille dans cette humanité différente de la sienne mais s'en sentait pourtant si solidaire. Il lui serra longuement la main. Vraiment, Thor était un type bien. Marion savait choisir ses hommes. De plus, il faudrait bien le larguer quelque part. On n'allait pas le ramener au 23ᵉ siècle !

— C'est entendu, Thor. Nous te laisserons en Égypte avant de repartir, si tel est ton désir. D'ores et déjà, je te souhaite bonne chance.

— Merci à toi, Yahvel. Merci à vous tous, mes amis. Je suis heureux de vous avoir connus.

*

La traduction des hiéroglyphes de Xi'an réservait encore aux eloïmes des surprises de taille. La totalité des disques trouvés s'enchaînait comme une encyclopédie et paraissait expliquer de A à Z la technique employée par les macrocéphales pour voyager dans le temps, mais il leur manquait tout de même quelques éléments importants pour la mettre en pratique. Un certain nombre de termes désignant des terres rares leur restaient inconnus, ils ignoraient à quels matériaux ces termes faisaient référence. Probablement des matériaux inconnus sur Terre ou non encore découverts à leur propre époque. Ils mesuraient combien leur intrusion dans ce passé n'avait pas été programmée, et comme elle restait bel et bien accidentelle... Les hiéroglyphes parlaient de « raccourcis » du temps, comme d'ascenseurs dans un gratte-ciel. Qu'est-ce que ça pouvait bien être ?

— Nom de dieu ! s'emportait Yahvel, je suis sûr

qu'on a la solution là, sous nos yeux, et qu'on ne la voit pas.

— C'est bien possible, confirmait Mikhaïl, j'ai cette même sensation. Mais il faudrait peut-être avoir aussi leur cerveau pour comprendre... Aussi forts qu'ils aient étés, ces macrocéphales n'avaient pas prévu que nous aurions de si petites têtes par rapport à eux, plaisanta-t-il.

— Tu ne crois pas si bien dire, Mikhaïl !

Marion venait de rejoindre la passerelle. Elle brandissait les résultats de son programme d'analyse génétique.

— Mais encore ?

— Eh bien, j'ai là les résultats des comparaisons entre le génome des grosses têtes, celui de Wong, et les nôtres. Devinez quoi ?

— ...

— Ne vous en déplaise, contre toute attente et malgré notre science moderne, les nôtres montrent une nette dégénérescence du cerveau dans certaines parties spécifiques ! Une dégénérescence que ne montre pas le génome de Wong !... Mon petit chinois chéri est plus performant que la plupart d'entre nous, mes amis ! Oh, pas de beaucoup, je vous rassure, et dans des zones du cortex qui ne nous concernent plus beaucoup à notre époque, mais tout de même...

— Comment ça ?

— Eh bien, voyez. J'ai fait reproduire par l'ordinateur un dessin des différents cerveaux envisageables en fonction du capital génétique de chacun. Vous connaissez tous l'hypothèse idiote dite de la « bosse des maths ». Elle s'est avérée complètement fausse. Chacun sait qu'on ne constate aucun renflement particulier sur le crâne des gens plus matheux que d'autres, cependant on peut visualiser, au scanner par exemple, les zones d'activité plus ou moins sollicitées par une opération mathématique ou par la poésie, par l'instinct de survie ou par un réflexe de Pavlov, etc... Et bien, ces différentes zones peuvent être plus ou moins développées selon les individus, ce qui les rend plus aptes que d'autres à une tâche ou un talent quelconque. Ainsi, si la « bosse des maths » est fausse, la zone qui s'y rattache par contre est, elle, une réalité. Et voyez la différence entre le cerveau de Wong, celui des macrocéphales, et les nôtres...

— Ok pour le raisonnement, mais nous ne sommes pas spécialistes du cortex cérébral. Explique-nous.

— Eh bien, là par exemple, cette zone correspond à la capacité de l'individu à réagir à la lumière. Voyez comme elle est développée chez les macrocéphales, un peu moins chez Wong, et presque plus chez nous.

— Oui, et alors ?...

— C'est simple : ça explique pourquoi leurs images s'enchaînaient si vite. Eux avaient la possibilité de les voir et de les enregistrer beaucoup plus vite que nous. Comme si vous alliez voir un film tourné à 70 ou 80 images par seconde au lieu des 24 habituelles. En fait, par rapport à eux nous avons le cerveau lent.

— Ouarf ! la jolie blague éculée ! Tu nous en fais une autre ?

— Oui, d'accord. Prenez par exemple cette autre zone. Elle correspond à la capacité de l'individu à réagir à l'angoisse. En fait, c'est ce qui régit la commande d'adrénaline aux glandes productrices. Eh bien regardez celle de Wong et celle des grosses têtes...

— Des zones bien plus larges que la nôtre en effet. Ces gens pouvaient donc abaisser leur niveau de stress bien plus facilement que nous.

— Et ça viendrait de quoi, cette dégénérescence ?

— Excès de chimie ! Voilà des siècles que nous nous envoyons des tonnes de calmants derrière la cravate à chaque occasion. Ce qui n'est pas physiologiquement sollicité tend à s'atrophier. D'une génération à l'autre, la différence ne se sent pas, mais sur plusieurs siècles ou plusieurs milliers d'années, voilà le résultat !

— Ouichhhh ! Pas encourageant tout ça ! C'est une véritable découverte que tu as fait là. Aucune enquête médicale n'en a jamais fait état.

— Ben non, mais il faut dire que peu de cobayes aussi anciens étaient disponibles à mon université...

— Et pour le reste ? Scientifiquement ? Quelle est la zone qui correspond ?

— Il n'y a pas de zone « scientifique » à proprement parler. Seulement des zones correspondant à la capacité d'invention, à l'instinct, à l'apprentissage, à l'expression orale ou à la gestuelle, et une foule d'autres choses. Mais le cerveau régit seulement les moyens techniques d'appréhension des choses, la gestion des outils en somme, ce qui va lui permettre de retenir en mémoire l'essentiel des connaissances acquises et de « conceptualiser », ou de réagir face à une situation donnée. C'est l'ensemble qui représente notre aptitude globale à nous en servir, pour la science ou d'autres choses, selon que l'individu sera doté de zones plus ou moins développées et sensibles à tel ou tel domaine. Les cerveaux féminins ou masculins par exemple, ne réagissent pas à l'identique face à une même situation. Ça dépend de la « sensibilité » de chacun ou chacune.

205

— Oui, ça explique pourquoi nous n'avons pas le même humour ! plaisanta Mikhaïl. Hum… Autrement dit, pour revenir à nos moutons, nous serions « physiologiquement incapables » de comprendre la technologie de ces extraterrestres ?

— C'est à peu près ça. Mais il y a tout de même une compensation…

— Ah oui ? Ça me soulage… Je suis curieux d'entendre la suite ! érupta Yahvel.

— Eh bien, comme je vous l'ai dit, j'ai constaté que la plupart des cerveaux humains de NOTRE époque – ceux que j'avais sous la main, autrement dit les vôtres mes chers amis – présentaient à peu près les mêmes types de dégénérescence, mais réparties assez inégalement pour de mêmes zones. Puis, partant du constat que je viens d'exposer sur la différence entre les hommes et les femmes, j'ai eu la curiosité d'analyser le mien…

— Aaaaahhh ! firent en chœur les eloïmes… Et alors ? Tu as trouvé quoi ? Un pois chiche ? Une vocation sexuelle atrophiée ?

— Bande de cons ! Je parle sérieusement. Laissez-moi finir ! Je vous disais donc, j'ai analysé le mien et j'ai dressé cette carte cérébrale. Voyez donc !

— Hum… C'est quoi ça ? Cette zone blanche que nous n'avons pas ?

— Bien vu ! Je me suis posé la même question. Cette zone qui apparaît bien plus grande chez moi que chez vous correspond à l'émotivité, à la capacité de perception extrasensorielle, en bref, à tout ce qui n'est pas matériel ou matérialiste mais relève du sensitif…

— Tiens, tiens…

— Du coup, j'ai vérifié le génome de Thor et établi la même cartographie cérébrale. Voyez vous-même : bien qu'il soit un homme, il présente cette même zone blanche encore plus étendue que la mienne.

— Ceci expliquerait cela. Voilà pourquoi vous avez la faculté de planer si bien ensemble ?

— En effet, ça pourrait être une partie de l'explication. Mais ceci n'est qu'un constat sur l'outil, pas sur le moyen de s'en servir. Ce que je voulais vous faire comprendre, c'est que chacun individuellement est apparemment moins apte qu'un « Fils du Ciel » à comprendre leur technologie. Mais, étant donné la différence sensible qu'il y a entre chacun de nous, l'ensemble de nos cerveaux réunis pourrait sans doute la comprendre si nous parvenions à fonctionner « en réseau »... Vous me suivez ?

— Oui. Mais comment fait-on cela ? On a l'habitude de fonctionner ensemble en brain-storming, que peut-on faire de plus ?

— C'est tout le problème ! J'ai bien une petite idée, mais... je crains que Yahvel ne bondisse !

— Dis toujours, Marion !

— Hum... tu me jures de ne pas t'énerver ?

— Je jure !

— Je pensais à quelque chose comme la prière ou la méditation. Une communion de nos esprits.

— Et voilà ! Un médecin du 23ᵉ siècle qui ramène sa science au niveau de la superstition ! J'aurai tout entendu !

— Oh ! Tu m'as juré, Yahvel !

— D'autant que c'est loin d'être idiot ! renchérit

Gabriel. Les réseaux informatiques fonctionnent comme ça. Et ça marche plutôt bien. De plus, on ne peut pas rayer d'un trait de plume des milliers d'années de philosophie orientale. La méditation, ça marche. C'était le principe même de la prière collective, appliqué par toutes les églises du monde pendant des siècles, et en certains lieux chargés spirituellement, comme on disait alors, on rapporté de nombreux miracles scientifiquement inexplicables... Moi je suis partant pour cette expérience.

— Moi aussi, dit Mickaël

— Moi aussi ! confirma Ariel.

Les autres membres d'équipage approuvèrent dans leur ensemble cette suggestion. Seul Yahvel y restait réticent mais il se plia volontiers à l'agrément général.

— Bon d'accord ! concéda-t-il. On peut toujours essayer. Qu'est-ce qu'on risque même si ça ne marche pas ? On n'aura perdu qu'un peu de temps et voilà. Et du temps, après tout, on en a à revendre !

*

La plus grande cabine de l'USS était comble. On avait rajouté deux sièges de fortune pour que Wong et Thor puissent prendre place dans le cercle des participants. Seuls trois membres d'équipage étaient restés affectés aux tâches de maintenance quotidienne. Il y avait donc une douzaine de personnes autour de la table. La séance pouvait commencer.

— Heu... Il faut d'abord se laver les mains, dit Wong.

— Se laver les mains ? Ah bon ! mais les miennes ne

sont pas sales ! objecta Yahvel.

— Ça ne fait rien, insista le jeune homme. Il faut se les laver quand même. Vous pouvez me croire, j'ai l'habitude de ce genre d'assemblée spirituelle. Nous en faisions souvent au temple, avec nos moines éducateurs. Ce n'est pas parce qu'elles sont vraiment sales ou pas, ça fait partie de la préparation psychologique.

— Un rituel, c'est ça ? Ça commence bien ! ironisa Yahvel.

— Enfin, Yahvel, qu'est-ce que ça te coûte de te laver les mains ? Allez ! Tout le monde à la fontaine !

Dix minutes plus tard, mains essuyées, chacun tendait les siennes à ses voisins, formant une ronde autour de la table centrale du réfectoire. Il avait été convenu de n'ouvrir la bouche sous aucun prétexte pendant trois heures. On s'échangerait ses impressions après coup. Un dispositif tournant avait été aménagé sur la table qui présentait les disques les uns après les autres dans l'ordre tel qu'on avait pu l'établir et lançait leur rotation. Le tout se faisait sans intervention aucune de la part des participants, de sorte qu'il n'y ait pas à rompre le cercle et que les participants ne soient pas perturbés dans leur concentration.

Le premier disque de pierre fut lancé, tournoyant comme une gigantesque pièce de monnaie. De suite, s'établit une atmosphère étrange, irréelle, quelque chose touchant à l'hypnose devant ce disque tourbillonnant, atteignant presque à l'illumination mystique. On n'avait pas le temps de « voir » les hiéroglyphes complets qui se dessinaient dans la sphère virtuelle, encore moins de chercher à les « comprendre » intellectuellement, mais on les

« ressentait » physiquement ! Chacun en était troublé à un point inimaginable. Même Yahvel était captivé, fasciné par ce qu'il contemplait sans y « réfléchir ».

Les disques tournèrent les uns après les autres. Les heures passèrent en un clin d'œil. Les étranges mémoires avaient terminé leur ronde infernale depuis longtemps que les participants étaient toujours figés sur leur siège, main dans la main sans un mot. Cela dura encore une bonne demi-heure, quasiment une éternité. Puis la porte s'ouvrit.

, « À la soupe là-dedans ! »

Le cuistot s'impatientait. Lentement, l'un après l'autre, les hommes se levèrent et se regardèrent, prenant conscience de l'étrange aventure dont ils émergeaient. Une lumière tourbillonnante brillait encore au fond de leurs yeux. Ce jour-là, sur l'USS ELOÏ, on mangea en silence, comme au réfectoire d'un monastère moyenâgeux...

*

L'après-midi même, solennellement, et devant tout l'équipage réuni en grand uniforme, Yahvel prit Marion par l'épaule et lui déclara.

— J'ai compris, Marion ! J'ai tout compris ! Enfin, pas tout-à-fait tout sur le plan technique, et heureusement Mikhaïl et Gabriel sont là aussi pour nous aider, mais je te certifie que j'ai tout compris sur le plan spirituel... Tu avais raison ! Je te fais toutes mes excuses pour t'avoir parfois moquée. Tu mériterais qu'on te considère comme notre mère à tous !... Que dis-je ?... Comme la mère de l'Humanité !

— N'exagérons rien, Yahvel. Moi aussi, j'ai été infiniment surprise par cette séance. Je ne m'attendais pas à ÇA !

— C'était pourtant « lumineux » !

— Oui, c'est le mot juste !

— Tu sais, pas plus tard qu'hier matin, je disais à Mikhaïl que j'avais la sensation d'avoir la solution sous le nez sans la voir... Je ne soupçonnais pas à quel point c'était vrai !

— Rassure-toi, moi non plus. Qui aurait imaginé une telle chose ?

— Mais si ! Toi, tu l'as imaginée. C'est grâce à toi, Marion. Grâce à ta façon de penser les hommes. De sentir l'humain en chacun de nous, et pas seulement le spécialiste en tel ou tel domaine scientifique... C'est bien toi qui as suggéré cette séance...

— D'accord, mais je n'imaginais pas...

— Qu'elle donnerait un tel résultat ? Je m'en doute. Mais ne sois pas modeste ! Le principe de cette assemblée, de cette véritable « communion de pensée », c'est bien toi qui l'as suggéré. Tu n'en seras jamais assez remerciée car, grâce à toi, nous allons pouvoir rentrer chez nous, et nous verrons maintenant le monde sous un angle entièrement différent. La technique nous a fait faire un grand pas vers le cosmos. Toi, tu nous as fait faire un grand pas en nous-mêmes... Permets que je t'embrasse au nom de tout l'équipage.

— Mince alors ! C'est grave ! plaisanta Marion.

— Major Marion, je te promeus solennellement au rang de « Grand Commandeur de l'Ordre onusien ». C'est malheureusement tout ce que je peux t'offrir pour l'instant en signe de notre gratitude, mais je te promets que je ferai tout pour que tu obtiennes le Nobel à notre retour. Un hourra pour Marion, les gars !

— Hourra ! Hourra ! Hourra ! reprirent les eloïmes.

*

Les trois malheureux eloïmes de service ce jour-là ne comprirent rien au revirement fantastique de Yahvel. Ces excuses publiques à Marion, cette nomination exceptionnelle comme pour les militaires « sur le champ de bataille »... cette joie particulière qui animait les regards des uns et des autres... Tout ça était vraiment étrange pour eux.

Ces disques de pierre étaient-il « magiques » ? Non ! Ils n'étaient que des pierres gravées. Les hiéroglyphes avaient-ils un quelconque « pouvoir » cabalistique ? Non ! Ils n'étaient que des dessins sur la pierre. Alors quoi ?...

Ils avaient tout simplement communié à la même table, à la même Lumière...

Le résultat tellement inattendu de cette séance avait été non seulement de souder encore plus entre eux les membres d'une équipe constituée d'individus, spécialistes chacun d'une discipline ou d'une autre, mais encore les avait littéralement mis en symbiose. Proche du spiritisme par la méthode mais centrée sur une nouvelle approche de l'univers, l'extraordinaire expérience avait été ressentie par chaque participant comme le moulage d'un joyau flambant neuf en or massif à partir de vieilles chaînes, médailles usées et scories éparses repassées par la forge et le creuset de l'orfèvre...

Ensemble, ils avaient formé « UN » en esprit !...

« Un » beaucoup plus puissant à percevoir les mystères de l'univers que la somme des connaissances intellectuelles de chacun d'eux ne leur avait jamais permis. Ils avaient tous ressenti cette force nouvelle en eux, cette aptitude à saisir INTUITIVEMENT l'inexplicable, à dépasser leurs propres limites cérébrales, à se couler dans l'énergie cosmique elle-même, comme s'ils en faisaient partie intégrante, comme des gouttes d'eau de pluie se joignant un jour à l'océan... Et dans cet océan, le temps et l'espace ne comptaient plus, pas plus que ne comptent la pression atmosphérique, la droite et la gauche ou le haut et le bas, pour une molécule d'eau. Elle comprend, à elle seule, tout l'océan. Elle EST l'océan.

Ça avait été pareil pour les eloïmes, pour Wong, pour Thor. Ils étaient devenus ce qu'ils avaient toujours été sans en avoir conscience : des parcelles du Cosmos. Infimes et globales à la fois. Était-ce cela qu'on pourrait appeler « l'Initiation » ?... Du même coup, dans le même instant, ils avaient non pas compris, au sens intellectuel du mot, mais intimement appréhendé comment les Fils du Ciel avaient défié la loi du Temps. Leur secret était dans le « UN ».

13

— Alors, Thor ? Toujours décidé à ce qu'on te dépose

en Égypte ?

— Toujours. D'autant plus maintenant. Merci Yahvel.

— Eh bien, te voilà presque arrivé. Nous survolerons le Nil dans moins d'une minute... Tu es bien silencieux...

— Oui, c'est l'émotion. Je m'étais fait une famille avec vous. Je vais devoir recommencer ici. Bah ! C'est la vie...

— As-tu besoin de quelque chose de particulier ? Veux-tu qu'on te laisse de la lecture ? Quelques instruments ?

— Non, non ! Tout ce dont j'ai besoin est dans ma tête et dans mon cœur. Mes connaissances premières et tout ce que vous m'avez appris depuis. Les stocker ailleurs serait risqué. Quelques provisions peut-être, et quelques feuilles d'or, le temps de m'organiser sur place.

— Je vais te faire préparer cela. Tu es un sage. Je suis sûr que tu feras du bon travail et que tu vas t'intégrer rapidement en Égypte.

— Mon cher Thor, dit Marion, viens que je te serre une dernière fois dans mes bras. Je ne t'oublierai jamais. J'étais, je crois, un bon médecin des corps mais c'est à toi que je dois en grande partie d'être aujourd'hui considérée par les miens comme une initiatrice des âmes. Tu m'as vraiment fait grimper au ciel à tous les sens du mot. Je ne t'en remercierai jamais assez. Je te souhaite d'être heureux encore une longue vie. Laisse une belle trace de toi en terre d'Égypte.

— Compte sur moi. Je ne t'oublierai pas non plus, ni toi ni l'expérience unique que vous m'avez fait vivre.

Après tout, ne serai-je pas le premier homme de l'histoire du monde à avoir vécu deux fois ? La première il y a 35 000 ans dans les glaces polaires et la seconde aujourd'hui ici, au soleil d'Égypte.

— Eh mais c'est vrai, ça ! Tu es bien le premier puisque nous ne viendrons nous-mêmes que dans huit millénaires...

*

Thor laissera en effet une trace indélébile en ce pays d'Égypte. Débarqué en Haute-Égypte par l'USS ELOÏ, il s'imposera très vite parmi le peuple, comme scribe tout d'abord, puis comme un véritable dieu : le dieu des scribes. On le connut en Égypte, non pas sous son nom personnel de Thor, mais sous celui de THOT, du nom de sa tribu d'origine. Dieu de la connaissance et de l'écriture, son aspect particulièrement velu d'homme de Néandertal lui valut d'être représenté sous la forme d'un babouin dans de nombreuses peintures funéraires. Son histoire est encore parfaitement reconnaissable dans certains passages du « Livre de la vache du ciel », où il est désigné par le roi des dieux pour devenir son vizir sur Terre...

*

Ayant déposé Thor au lieu choisi de sa future résidence, Yahvel boucla bientôt la rédaction du rapport d'expédition et l'USS ELOÏ se prépara à prendre le chemin du retour vers son temps d'origine. Il lui fallait pourtant faire encore un petit arrêt technique avant de s'élancer vers les astres, un petit arrêt qui va conditionner énormément certains événements futurs... Deux fois rien, juste le temps de faire provision d'un minéral très rare qu'on ne trouve en quantité significative qu'en certains lieux très iodés. La compréhension si étonnante des archives des Fils du Ciel leur avait fait reconnaître le rôle crucial d'une volonté collective syntonisée pour contracter le temps, et les avait amené du même coup à découvrir la grande valeur de ce minéral pour augmenter leurs capacités psychiques. Puisqu'on n'était pas loin de la Mer Morte et que la cartographie des mines du 23ᵉ siècle y signalait la présence de cet élément, on décida de s'y poser en un endroit désert. On installa un campement provisoire et l'on sortit les Jeeps et les ustensiles de prospection. En deux jours, les eloïmes avaient fait une provision suffisante de l'élément recherché et ils se préparaient à repartir quand un événement incongru se produisit...

La soirée était calme et chaude, la Mer Morte miroitait de tous ses cristaux sous la lune. Des oiseaux de toutes sortes piaillaient sur les montagnes environnantes. Tout le matériel rangé, l'équipage profitait une dernière fois de la douceur du soir avant son dernier départ, décisif espérait-il, vers le chemin du retour... Au loin, sur l'autre rive, des feux brillaient. Des centaines de torchères éclairaient à giorno ce qui semblait être une grosse agglomération, peut-être même des villes jumelles, et une lointaine mélopée était portée jusqu'à eux par la surface salée. C'était une vision féerique. Toutes proportions gardées, on eut pu se croire dans le désert du Nevada la nuit, admirant une double Las Vegas scintillante.

— Quelles peuvent être ces cités ? demanda Ariel.

— Hum... Compte tenu du temps et du lieu où nous sommes, il doit s'agir de Sodome et Gomorrhe avant leur destruction... risqua Marion.

— Sodome et Gomorrhe ?!!... Dis donc Yahvel, ça te dirait une tournée générale au casino du coin ?

— Non merci ! Je sais bien qu'il nous reste quelques feuilles d'or à perdre, mais je ne suis pas tenté.... Tu sais, le jeu et moi... Et puis, tu sais ce qui leur est arrivé, non ? Imagine que l'Éternel décide de raser ces villes dans l'heure qui vient ? Hein ? Comment on rentre après ça ?

— Allez Yahvel ! Ne fais pas ton rabat-joie ! Une petite partie de cartes ou de dés, histoire de se dégourdir un peu...

— Non, allez-y sans moi si vous voulez mais je vous rappelle que nous décollons avant l'aube. Vous devriez plutôt dormir un peu.

— Moi, je n'ai pas envie de dormir, et de plus je ne suis pas d'un grand secours pour ce vol, dit Wong. Nous dormirons bientôt pendant des mois, et puis vous connaissez la passion des chinois pour le jeu... J'y vais. Qui m'accompagne ?

— Non, Yahvel a raison, je vais me reposer, dit Ariel à regret.

— Moi non plus, fit Mikhaïl.

— J'ai peur que tu doives y aller seul, conclut Marion. Moi aussi, je suis fatiguée. Et puis, Las Vegas, je connais déjà.

— Bon, tant pis pour vous ! déclara Wong. À demain matin !...

— À demain Wong. Amuse-toi bien.

Et Wong s'éloigna dans la nuit en faisant un petit signe de la main... Ce fut la dernière fois qu'on le vit. Moins d'une heure plus tard, Gabriel donna l'alerte :

— Putain ! qu'est-ce qui se passe ? J'ai un écho radar dans le ciel !!! hurla-t-il. NOUS NE SOMMES PAS SEULS !

Une tempête de feu et d'éclairs déchira soudain le ciel ! Des champignons de fumées s'élevèrent aussitôt des cités embrasées ! Sodome et Gomorrhe brûlaient, brillant de plus belle, mais cette fois de feux dévastateurs !

— ALERTE ROUGE ! TOUT LE MONDE AUX POSTES DE COMBAT ! hurla à son tour Yahvel. Nous sommes tombés en pleine scène biblique !... Qu'est-ce que c'est que cet écho ? Peux-tu le sonder davantage ?

— Hum... un écho radar faible, très faible, une signature furtive comme une astronef de notre temps mais caractéristique d'un énorme appareil ! Même pas occulté !... À mon avis c'est du gros, du très gros gibier !...

— Silence radio complet ! On ne bouge plus, on fait le mort ! Éteins tous les feux de bord et débranche toute l'électronique, on ne sait jamais, ils pourraient détecter nos scanners !... Tout le monde met son masque à gaz ! Mikhaïl, déploie la bâche automatique sur l'USS. Opération camouflage !... « Merde alors ! ajouta-t-il à part soi, dire que je n'ai jamais voulu entrer dans l'armée pour ne pas avoir à faire la guerre ! »

En moins d'une minute, tous les hommes étaient rentrés, la bâche de camouflage déployée sur l'USS, et on n'aurait pas pu discerner le moindre appareil sur la montagne.

Là-bas, le tapis de bombes n'arrêtait pas d'illuminer le ciel. On n'entendait plus aucune musique, seulement des détonations gigantesques entrecoupant des plaintes, des lamentations, des cris et des pleurs !...

— Putain de putain ! C'est quoi ce soi-disant « dieu » de merde ?!! éclata Gabriel. Ce n'est pas humain de faire un tel carnage ! Des centaines de milliers de victimes en quelques minutes... Mais pourquoi ? ! POURQUOI ?

— J'aimerais bien le savoir... rétorqua Yahvel. Qui sont ces gens là ? Pourquoi ? Et d'où viennent-ils ?...

*

Le matin les trouva encore en veille. Là-bas, de l'autre côté de la Mer Morte, le soleil se leva sur un monceau de ruines fumantes... La tempête était passée, l'appareil mystérieux avait disparu du ciel.

On décida d'aller voir en jeep, et porter secours aux rescapés, s'il y en avait. Seuls restaient des milliers de cadavres d'hommes, femmes et enfants, carbonisés, certains figés dans l'attitude où la mort les avait surpris, la peau et les tissus rongés comme s'ils avaient étés trempés dans un bain de chaux vive. Une atmosphère délétère, une poussière envahissant tout, un air brûlant irrespirable, empoisonnaient ce qui avait été la veille encore deux cités resplendissantes. Les eloïmes parcoururent des montagnes de ruines en tous sens, mais aucun survivant, rien qui donna signe de vie. Il fallut se rendre à l'évidence, le crime commis était une œuvre d'art au plan technique. Un

219

systématisme infernal avait été appliqué. Il paraissait impensable qu'un esprit humain ait pu perpétrer une telle horreur !...

— On ne peut plus rien faire. Allons-nous en ! dit Yahvel. En voiture, on rentre.

C'est sur le chemin du retour vers l'USS, caché de l'autre coté de la Mer, que se fit LA rencontre, au détour d'une corniche... Une famille presque entière était là, père et enfants, qui pleuraient leur mère.

Surpris de voir surgir de ces ruines des étrangers dans de tels attelages sans chevaux, les indigènes apeurés se prosternèrent jusqu'au sol, réclamant pitié. Yahvel descendit de sa Jeep et brancha son traducteur. Ces gens parlaient un dialecte araméen très ancien. Le père se présenta.

— Seigneur, je m'appelle Loth, dit-il, et je suis ton fidèle serviteur. Aies pitié des miens. Mes filles sont tout ce qui me reste. Ma femme fut changée en statue de sel car elle a regardé en arrière malgré ta défense...

— Je connais ton histoire, Loth, dit Yahvel sur un ton rassurant. Ne crains point. Tu auras encore une vie après cela. Viendrais-tu avec moi jusqu'à ma tente pour te restaurer ?

— Avec joie Seigneur !

— Monte ! Et accroche cette ceinture à tes reins. Ma charrette va bien plus vite que les vôtres.

On ramena Loth jusqu'à l'USS bâché. Il fut bien étonné de la confortable installation qu'il trouva sous cette tente étrange, mais ne dit mot. Il était bien trop craintif de la colère de Dieu.

— Dis-moi Loth, pourrais-tu me décrire les gens qui sont venus te trouver dans Sodome et vous en ont fait sortir avant de déclencher le feu du ciel ?

— Comment ? Tu les connais certainement Seigneur ! Ce sont tes anges, tes envoyés...

— Je sais cela, mais j'aimerais que tu me les décrives quand même, juste pour savoir si tu as bien observé ma puissance... Comment sont-ils physiquement ? Comment étaient leurs vêtements ? Leurs armes ? Les insignes qu'ils pouvaient porter ? Tous les détails que tu as gardés en mémoire...

— Comme tu voudras, Seigneur ! Je ferai selon ta volonté. Tes envoyés étaient trois, deux hommes et une femme je crois...

— Excuse-moi de t'interrompre. Pourquoi dis-tu « je crois » ?

— Parce qu'ils portaient des masques et des casques. Je n'ai pas pu voir leurs figures ni leurs cheveux. Je ne pourrai donc pas te les dessiner, mais je dis je crois parce que l'un des deux plus grands s'adressait au troisième avec une certaine déférence, comme on s'adresse à sa mère ou à sa sœur. Et ce troisième était plus petit. J'en déduis donc qu'il pourrait s'agir d'une femme, mais je ne saurais l'affirmer. Je ne comprenais pas ce qu'ils disaient entre eux car ils se parlaient en une langue inconnue.

— Est-ce que ça ressemblait à ça ? demanda Yahvel en programmant le traducteur sur « anglais ».

Loth écouta un instant, et secoua la tête.

— Non, Seigneur. Il y avait quelques mots comme ça mais ça n'était pas cette langue.

— Peut-être celle-ci alors ? insista Yahvel en programmant de l'hébreu moderne.

— Oui, oui ! C'est ça ! C'est ce langage ! s'écria Loth.

Je reconnais bien cette sonorité assez gutturale et j'ai bien compris que « ken » signifiait « oui » quand ils te répondaient dans leur miroir. C'est bien cela !

— Dans leur miroir ?...

— Oui, ce drôle de petit miroir sur leur avant-bras. Tu leur donnais tes ordres par ce miroir, mais là encore, je n'ai pas bien vu. Tu paraissais plus vieux... mais bien que tu aies rasé ta barbe, je suppose que c'était toi Seigneur.

— Oui, oui ! Continue...

— Leurs armes étaient très étranges. Comme des manches de poignards sans lame visible, mais qui projetaient à distance sur l'ennemi une flèche de lumière qui disparaissait aussitôt dans le corps de la victime, et elle tombait morte sans même saigner... Des armes terribles assurément !

« Des armes de poing à laser... pensa Yahvel. Ça ne peut pas être des gens d'ici, même très évolués. Ils viennent forcément du futur eux aussi !... »

— Continue ! intima-t-il... Leurs vêtements ?

— Ah oui ! Ils avaient une espèce de combinaison bizarre, pas une robe mais un vêtement coupé dans un tissu noir très mat, entièrement cousu du haut en bas et qui épousait la forme de leurs jambes de leurs bras et de leurs têtes, avec des poches partout... Un peu comme ceux de tes gens, Seigneur, sauf que vous, vous êtes en blanc. Et une large ceinture avec un étui pour leurs armes...

— Et encore...

— Sur leurs manches, des petits carrés de tissus de couleur à hauteur des biceps.

— Ça m'intéresse, ces petits morceaux de tissus.

Peux-tu me les décrire ?

— À l'épaule gauche, ils avaient un carré noir avec une étoile jaune à six branches, et à droite une série de lignes rouges et blanches avec un quart supérieur rempli d'étoiles blanches sur fond bleu...

Les eloïmes s'échangèrent un regard en silence... Ils craignaient de comprendre !

— Dis-moi encore, reprit Yahvel, t'ont-ils dit pourquoi ils ont déclenché le feu du ciel contre Sodome et Gomorrhe ?

— Tu le sais Seigneur ! C'est toi qui l'as ordonné... Tu as dit que ces villes vivaient dans le péché...

— Oui, oui ! Bien sûr je le sais, mais je voulais l'entendre de ta bouche pour être certain que tu avais bien compris !

— À tes ordres, Seigneur ! Eh bien voilà : tu as dis à mon oncle Abram, avant que tu le renommes Abraham en signe d'alliance avec toi, que ces villes représentaient « l'axe du mal » et que tu allais éradiquer ce mal de la terre promise...

— Loth, selon toi, combien de fois ai-je rencontré ton oncle Abraham avant de lui proposer cette alliance ?

— Depuis sa sortie d'Ur en Chaldée, au moins trois fois Seigneur, à ma connaissance. Mais peut-être plus, mon oncle ne me dit pas tout...

— Et quel âge a ton oncle Abraham en ce moment ?

— Il est très vieux, Seigneur. Il a quatre-vingt dix-neuf ans...

— Merci Loth ! J'en sais assez. Tu peux aller sans crainte, tu as bien retenu ta leçon. Nous allons te reconduire auprès de ta famille. Tu dois cependant me jurer que tu ne diras jamais aucun mot de cet entretien à personne !

— Je te le jure, Seigneur. Que ma main se dessèche aussitôt si j'en parle un jour à quiconque !

— Va en paix maintenant, Loth. Ton peuple aura de mes nouvelles de temps en temps.

*

— Vous avez compris ? demanda Yahvel à ses hommes...

— J'ai peur que oui ! répondit Marion. Ces gens viennent de chez nous !... de notre temps, peut-être même d'une époque ultérieure à la nôtre... Et ils n'hésitent pas à intervenir dans le passé pour remettre les Écritures en conformité avec le dogme !... Dans quel but ?

— C'est forcément une secte ! Une secte de notre 23e siècle ou de notre propre futur !... Et qui plus est, une secte juive à l'évidence radicalement extrémiste... Ils ne font pas dans le détail ! Ou plutôt si, ils soignent même les détails, à l'extrême et à posteriori... Je suis sérieusement troublé ! Moi qui ne croyais pas à la Bible... voilà qu'elle devient véritable à posteriori ! Qu'est-ce que c'est que cette affaire de fous ?!

— Faisons-le point un instant, suggéra Gabriel. Selon ce que je comprends, nous sommes exactement au chapitre 19 de la Genèse... Dès ce soir, les filles de Loth vont enivrer leur père et coucher avec lui sans qu'il s'en rende compte pour perpétuer sa race. Et bientôt, Saraï, la femme légitime d'Abraham donnera elle aussi le jour à un fils, Isaac, ce même Isaac que

« Dieu » demandera plus tard à son père de sacrifier sur la montagne. Dites moi si je me trompe ?

— Non, non ! c'est bien ça, confirma Marion. Où veux-tu en venir ?

— Je cherche pour quelle raison cruciale des gens venus du futur voudraient changer le cours des choses... L'histoire d'Abraham est le fondement de la religion juive pure et dure... Mais pas seulement. C'est aussi celui de la religion musulmane ! Or, la servante d'Abraham, Agar, lui a déjà donné un fils aîné, Ismaël, qui doit avoir dans les 13 ou 14 ans actuellement...

— Et alors ?...

— Alors ? Eh bien, la logique aurait voulu que ce fût ce fils, Ismaël, qui héritât d'Abraham, mais, si l'on se fie à ce que raconte la Bible, ça n'est pas ce qui advint... Je me suis toujours demandé pour quelles raisons obscures un « dieu » soi-disant omnipotent voudrait privilégier un peuple spécialement « élu » en passant une alliance avec lui... Qu'est-ce que ça lui rapporte puisqu'il est sensé être déjà omnipotent ? Et secondairement, qu'est-ce que ça apporte au peuple élu en question, à part une jalousie et un sentiment d'injustice de la part des autres ?... Car c'est une alliance carrément militaire et politique que cette alliance là, disons-le. Ça implique obligatoirement que cette alliance soit dirigée contre d'autres peuples du voisinage, et en premier lieu à l'encontre des descendants d'Ismaël, autrement dit nos arabes... Pourquoi ?... Il y a toujours une raison aux actes, même pour un dieu ! Quelle est donc l'intention cachée qui lui fait propulser ainsi les hébreux sur la scène mondiale ? Voilà une branche de l'espèce humaine somme toute banale, une famille de bergers nomades pas particulièrement plus développée qu'une autre sur le plan civique ou scientifique, même plutôt moins pour l'instant que beaucoup d'autres peuples en Chaldée ou en Égypte... Pourquoi faut-il absolument qu'elle se trouve mise en position élective face à l'histoire ? J'avais toujours pensé jusqu'ici qu'il s'agissait d'une simple légende, un conte traditionnel, destiné à motiver l'évolution du clan mais sans base historique réelle... Maintenant, je m'interroge sur les raisons profondes de cette soi-disant intervention « divine » à laquelle nous venons d'assister mais dont nous savons, nous, qu'elle n'a rien de divin, et qui à l'évidence vise à faire prendre artificiellement le pas à ce peuple sur les autres...

— C'est en effet l'impression que ça donne, mais en quoi est-ce que ça change les choses ? interrogea Yahvel. Il y a toujours eu et il y aura toujours des peuples plus guerriers ou plus entreprenants, et d'autres plus sages ou plus soumis. C'est une question philosophique à laquelle il n'y aura jamais de réponse...

— Non, non, Yahvel ! Je ne suis pas d'accord. C'est une question cruciale au contraire. La question philosophique se pose si on laisse chacun faire sa propre évolution, et « que le meilleur gagne ! », si j'ose dire... Mais là, nous avons affaire à une volonté dirigiste émanant d'une entité extérieure et d'un autre temps, intervenant tel un *Deus Ex Machina* dans un jeu qui n'est théoriquement pas le sien ! D'où ma question : Quel peut être l'intérêt d'un groupe sectaire du 23ᵉ siècle ou ultérieur à intervenir dans son propre passé ?...

— Oui, oui, oui... Je commence à voir où tu veux en venir... Continue un peu ton raisonnement...

— Eh bien, je me dis que ces gens agissent à l'inverse de nous. Nous qui sommes arrivés ici involontairement, avons pris conscience peu à peu de

226

la fragilité du continuum espace-temps, et nous nous efforçons maintenant de coller à l'événement sans influer dessus pour ne pas bouleverser le cours de l'histoire. Or, ces fanatiques ont eux aussi trouvé le moyen de traverser le temps, mais tout au contraire dans leur cas volontairement et dans le but clairement établi de manipuler ce passé. Ils n'hésitent pas pour cela à utiliser les grands moyens, dans l'intérêt futur de leur groupe À LEUR EPOQUE !... Et ça, ça change tout. Ces types sont hyper-dangereux ! Ils sont capables de bouleverser l'avenir du monde, y compris le nôtre.

— C'est vrai. Gabriel a raison, approuva Marion. On ne peut pas laisser faire ces gens... Il faut trouver le moyen de les arrêter, Yahvel !

— Vous êtes gentils... Faire quelque chose, oui, mais quoi ?

— Je ne sais pas... Aux yeux des autochtones, ces gens présentent comme nous toutes les apparences d'êtres divins mais, si j'avais la moindre croyance en des êtres supérieurs, je les qualifierais plutôt de diaboliques au vu de ce qu'ils ont fait. La solution radicale serait de les détruire ! Une autre possibilité serait de suivre leurs actions à travers le temps et d'en corriger les effets néfastes... Mais dans ce cas, nous ne sommes pas prêts de rentrer !

— Les détruire ? Comme tu y vas ! Tu as vu la puissance de feu de ce vaisseau noir ? C'est un modèle militaire très supérieur au nôtre et probablement plus récent !... De plus, nous ne sommes pas spécialement entraînés pour livrer un combat sur Terre... Nous risquerions d'y provoquer énormément de dégâts collatéraux... Qu'en penses-tu Mikhaïl ? C'est toi le stratège militaire...

— Je suis de ton avis. Il faut réduire ces gens là, les neutraliser, mais nous ne sommes pas équipés pour les détruire sans coup férir, et livrer un combat de front serait trop aléatoire... Il nous faut profiter au maximum de notre avantage sur eux.

— Je ne te suis pas bien, Mikhaïl.... De quel avantage parles-tu ?

— Nous savons qu'ils sont là et nous savons qui ils sont. Eux non. En tous cas, ils ne savent pas que nous savons... Dans cette circonstance, si nous nous dévoilions à eux d'une manière quelconque, nous leur redonnerions l'avantage et ils auraient la supériorité technologique pour eux. Tandis que si nous nous arrangeons pour toujours être derrière eux, sans nous faire voir, nous pouvons arranger les bidons, si j'ose dire, au coup par coup.

— Mais comment veux-tu les suivre à travers le temps ?

— Oh, ça c'est bien simple !... ces gens signent leurs actes par le sang... Il suffit de relire la Bible ! Toutes les interventions « divines » qui ne relèveront pas de nous viendront nécessairement d'eux...

— Évidemment !

— Pas bête !... apprécia Marion. Mais une chose me chagrine encore... Comment ont-ils découvert le moyen de traverser le temps ?

— C'est ce qui me fait le plus plaisir dans cette histoire, car ils se sont certainement basés sur notre propre rapport, le carnet de bord du Commandant que nous avons préparé hier soir, avant cet holocauste, et que nous aurions dû remettre en rentrant dans notre 23e siècle. Ce qui signifie que nous allons effectivement rentrer mes amis. Je pense même que le danger n'est pas si grand pour nous, même s'ils nous voient, car en toute logique ils ne peuvent nous détruire sans s'annihiler eux-mêmes.

— Comment ça ? s'étonna Yahvel.

— C'est bien simple. S'ils nous attaquaient ici et nous détruisaient, nous ne rentrerions pas chez nous au 23ᵉ siècle, donc notre rapport non plus, et en conséquence ils ne seraient pas ici puisqu'ils n'auraient pas eu le moyen de voyager dans le temps. Mais d'un autre côté, maintenant que nous le savons, je dis qu'il nous faudra coder ce rapport de telle manière qu'il soit inexploitable même pour nos supérieurs des temps futurs, afin que nul ne puisse s'emparer de ce secret avant d'avoir atteint un niveau se sagesse suffisant...

— Là, je ne te suis plus Mikhaïl ! Il y a un paradoxe dans ton raisonnement. Puisque nous savons ce que nous savons, nous allons effectivement coder notre rapport, et ils ne pourront donc pas s'en servir. Donc en théorie, ils ne pourraient pas être ici ! Or, ils y sont bien !

— C'est là où un détail t'échappe, Yahvel : souviens-toi, lorsque nous avons fait vérifier notre bibliothèque par Gabriel... Le contenu des fichiers avait changé sans que leur date de création n'ait varié. Pourtant, nous n'étions pas encore rentrés pour recharger cette bibliothèque selon les nouvelles données de notre époque...

Il y a donc un lien invisible mais bien réel entre les causes et les résultats, en des temps parallèles ! Ce qui signifie que les choses ne sont pas figées par rapport à un déroulement chronologique linéaire, mais qu'elles évoluent VIRTUELLEMENT, en synchronisme complet avec les causes qui les génèrent en d'autres espaces-temps.

En d'autres termes, il suffit de « décider » de faire une chose si l'on est en position de la faire en un temps donné, pour que cette chose soit effective dans le temps-cible... Hier soir, nous étions prêts à partir et le rapport sur nos aventures était bouclé. Il était donc virtuellement déjà, mais non-codé, sur le bureau de notre patron au 23ᵉ siècle. D'où il s'ensuit que le temps futur, se développant à partir de ce point, aura permis à cette secte de réaliser cet appareil...

Mais si maintenant nous codons ce rapport, je te prédis que ce temps futur, encore virtuel, ne sera pas ! À la place s'en développera un autre, probablement sans cette secte ou en tous cas dans lequel elle ne pourra pas mettre au point cet appareil...

— Est-ce que je deviens gaga ou est-ce que j'ai bien compris ce que tu es en train de nous expliquer ? Tu prétends qu'il suffit qu'on énonce une chose pour qu'elle existe dans un « futur virtuel » simultané ?

— Ni plus ni moins, en effet ! Souviens-toi de notre discussion sur la chronologie inverse des Fils du Ciel : « AU DÉBUT ÉTAIT LE VERBE ! »... Le futur reste virtuel pour ses décideurs tant qu'il ne se trouve pas vécu par eux... Il ne prend forme réelle pour eux que lorsqu'ils y parviennent physiquement, mais potentiellement il existe bien avant, dès qu'ils en émettent l'idée. Une sorte de « droit d'auteur » inné en quelque sorte, permettant de modifier son scénario au fur et à mesure jusqu'à la dernière minute !

— Mais tu dérailles mon cher Mikhaïl !... ton hypothèse est hallucinante !

— Pas tant que cela Yahvel, rectifia Marion. Si je prends l'exemple des voyages astraux que j'ai vécus avec Thor, la seule pensée nous faisait nous déplacer dans le temps et l'espace. Je sais que tu peines à y croire, mais c'est pourtant bien réel. Et même si tu y crois, tu me diras que ça n'était pas un déplacement avec mon corps physique et qu'il y a dans l'univers réel des lois de gravité, de masses, de forces, etc., dont je ne tiens pas compte... J'en suis d'accord, mais compare à présent avec notre expérience d'union mentale, à laquelle tu as pris part toi-même... Tu ne pourras pas nier que nous y avons tous VÉCU, toi y compris, une véritable osmose cosmique avec l'Univers, comme si le temps et l'espace étaient annulés, comme si tous les temps et tous les espaces se situaient dans une même dimension, s'influençant les uns les autres... Entre parenthèses, cette hypothèse explique parfaitement la communication avec les « chromatonautes » de Thor !

— Mais c'est absurde ! Ça signifierait que...

— Ça signifie en effet que tous les temps, passés, présents et futurs coexistent virtuellement, tous ensemble, dans un « TEMPS UN », et s'influencent les uns les autres. C'est une version améliorée de la « théorie des mondes parallèles ». Ce n'est pas une découverte, elle a été émise il y a déjà longtemps mais sous une autre forme. Personnellement, je l'appellerais plutôt « théorie de l'Immanence » ou du Temps Unifié, car toute action dans un secteur temporel donné doit certainement entraîner une réaction instantanée dans un autre... Exactement comme en physique quantique une simple mesure sur une particule influence une autre particule, immédiatement et sans délai, et quelle que soit la distance entre les deux !... D'où le grand intérêt des « résonances harmoniques universelles » que nous avions négligées jusqu'ici, et auxquelles ces diaboliques sectaires semblent ne pas accorder non plus l'attention qu'elles méritent...

— C'est notre chance ! dit Gabriel. Car ils n'ont pas toutes les données du problème...

— Que veux-tu dire ?

— Différents détails m'interpellent dans cette incursion bizarre... Tout d'abord, comme l'a fait justement remarquer Yahvel : puisque que notre rapport sera désormais codé, en théorie ils ne devraient pas être là. Et pourtant, ils y sont bel et bien... C'est une première anomalie. J'y reviendrai. Ensuite, Loth a parlé d'une grande barbe. Ça pourrait être simplement en raison du port de la barbe chez les adeptes de cette secte, mais j'en doute. Pour des raisons évidentes de sécurité au cours d'un voyage spatial, le règlement oblige les navigants à se raser. Cette barbe montre donc qu'ils sont ici depuis longtemps et qu'ils y vieillissent parce qu'ils sont obligés de passer beaucoup de temps dans cette époque pour parvenir à leurs fins. J'en déduis qu'ils hésitent à faire de petits sauts temporels car ils ne maîtrisent pas vraiment la précision de ces déplacements... Et je crois savoir pourquoi !

— Pourquoi ?

— Souviens-toi, Yahvel : tu craignais qu'on nous prenne pour des fous et nous n'avons donc pas parlé dans notre rapport de cette expérience du « UN »... Si mon hypothèse est juste, ils ont donc suivi à la lettre les spécifications purement techniques de ton rapport potentiel mais ignorent totalement la préparation mentale indispensable que nous seuls connaissons, grâce aux Fils du Ciel. Toutes proportions gardées, ces sectaires sont donc dans le même état d'esprit que nous lors de notre troisième voyage, au cours duquel nous nous serions perdus dans le néant sans l'intervention miraculeuse de Thor. Ils disposent de la technologie la plus moderne mais pas de l'intuition du

« UN », et je doute que des sectaires comme eux aient l'esprit suffisamment ouvert pour s'intéresser à une cohérence universelle qu'il leur faudrait encore avoir la chance de découvrir comme nous l'avons trouvée nous-mêmes... Mais nous l'avons trouvée, nous, justement parce que nous n'étions pas sectaires ! En fait, on peut affirmer que le sectarisme est antinomique de la recherche d'une vérité universelle. C'est même la définition de base du sectarisme !... Hum... Je crois que j'ai la parade à leurs incursions intempestives sans qu'il soit besoin de les détruire en ce temps-ci... Laissons-les s'y perdre d'eux-mêmes... Nous allons tout simplement les « gommer » de l'histoire !

— Les gommer ?

— Oui, les « gommer »... Leur stock d'énergie ne durera pas longtemps à cette allure là. Il leur faudra bientôt essayer de rentrer à leur époque. C'est là que nous allons les enfermer dans la boucle du temps où ils se sont piégés eux-mêmes...

— Comment ça, piégés eux-mêmes ?

— C'est bien simple : hier soir, nous étions prêts à rentrer chez nous, en notre 23e siècle, n'est-ce pas ?

— Oui...

— Eh bien, considérez que nous sommes effectivement rentrés, mais plus tard !

— Qu'est-ce que tu racontes, nous sommes encore là...

— Non, je vous dis que nous sommes rentrés. Souviens toi qu'il suffit de PENSER une chose pour qu'elle existe dans notre futur virtuel. La preuve est sous nos yeux. C'est seulement à partir de leur erreur que nous allons modifier le cours des choses et décider, maintenant, de rentrer plus tard... Parce que EUX ont fait une connerie...

— Je ne te suis pas...

— C'est pourtant simple : ils ont commis l'erreur de venir ici commettre leur forfait juste au moment où nous y étions encore... Sinon, nous n'aurions rien vu et serions repartis comme prévu.

— Exact.

— Et c'est ça leur erreur, justement. Ils ont mal ajusté leur intervention car ils ne maîtrisent pas tous les paramètres. S'ils étaient venus demain, tout aurait été différent.

— Certes, mais je ne vois pas où tu veux en venir...

— À ceci : il est clair qu'à notre époque d'origine leurs espions ont eu accès au rapport (appelons-le « provisoire ») que tu as fait hier. Mais en décidant maintenant de coder ce rapport, nous allons refermer la boucle... Le rapport final se substituera au provisoire d'hier de la même manière que les fichiers de notre mémoire de bord se sont vus modifiés sans trace de réécriture. Du coup ce rapport final leur deviendra inaccessible et leurs envoyés se trouveront prisonniers d'un temps qui n'aura jamais existé que virtuellement ! Nous n'aurons pas, comme eux voudraient le faire, touché à notre passé, mais au contraire modifié d'ici-même un avenir dans lequel ils ne seront plus !

— Gabriel, tu es un génie !

Épilogue

Le dernier voyage temporel s'était admirablement passé. Ils avaient appliqué le principe de « UN », et le trou noir cette fois ne les avait pas recrachés n'importe où, mais exactement à leur époque, telle qu'ils avaient visualisée collectivement. Les « trous noirs » comme les étoiles ou les planètes ont-ils une intelligence, une sensibilité ? Sont-ce des êtres pensants sensibles aux lois et aux harmoniques universelles ?... Aussi inconcevable que ça puisse paraître, il fallait croire que oui.

Mais une autre surprise avait étonné nos héros : en appliquant la méthode du « UN » enseignée par les célestes, ils s'étaient rendu compte qu'ils n'avaient même plus besoin de se mettre en léthargie pendant des mois pour voyager jusqu'au trou noir. Il leur suffisait d'unir leurs esprits pour contracter l'espace et le temps. Là où il leur fallait des mois de voyage auparavant pour parvenir au trou noir, ils pouvaient désormais changer d'époque en quasi instantanément !

L'USS ELOÏ planait une fois de plus au-dessus du Nil. On était au 16ᵉ siècle avant JC.

Le vaisseau patrouilla un moment au-dessus du désert que commençait à devenir cette partie de l'Égypte de Ramsès...

— Il va falloir qu'on revienne souvent pour remettre les choses en ordre ! soupira Yahvel.

— Oui, on n'est pas rentrés ! renchérit Mikhaïl. D'abord cet Akhenaton, maintenant Moïse, et pire : nous voilà partis pour quarante ans à traîner dans le

Sinaï devant les hébreux...

— Et ce n'est pas fini ! Il nous faudra aussi intervenir en l'an zéro de l'ère chrétienne, puis en 33, et encore en 610...

— En 610 ?...

— Ben oui, pour les premières révélations du Coran à Mahomet ! Et ce, pendant 23 ans !

— Pfff ! J'en ai marre ! Heureusement qu'on maîtrise maintenant à la seconde près le déplacement temporel, sinon, nous aurions tous une barbe de trois mètres cinquante en rentrant chez nous !

Le nuage de l'USS ELOI s'immobilisa à la verticale d'une petite palmeraie.

— Voilà l'endroit ! montra Gabriel. Ce buisson, là, au milieu des brebis...

— OK ! On y va ! ordonna Yahvel.

Instantanément le buisson éclairé au laser se transforma aux yeux du pâtre en brasier ardent, et la voix de Yahvel tonna dans le silence du désert...

— Moïse !... Moïse !... Entends ma voix !

*

— Un vrai torchon ! Ce rapport est inexploitable ! Je n'y comprends rien de rien ! explosa le Major général de l'ONU. Vous vous exprimez plutôt clairement d'habitude... Pouvez-vous m'expliquer Yahvel ?

— Non, mon Général ! Je ne peux pas vous expliquer. Tout y est, mais nous avons reçu des ordres pour le coder sans qu'il en ait l'air... Top secret ! fit

Yahvel, montrant d'un doigt évasif les étages supérieurs. Désolé ! Dans cinquante ans peut-être, si nous sommes encore là vous et moi...

— Putain de politiciens ! hurla le général se méprenant sur le geste de Yahvel... C'est toujours pareil, on nous tient toujours à l'écart des décisions importantes !... Enfin, Yahvel, il y a longtemps que nous nous connaissons, n'est-ce pas ? Vous rentrez d'une mission d'exploration après cinq ans de voyage sidéral, vous devez bien avoir des choses à me raconter, quand même ?... Vous ne pouvez pas me laisser comme ça dans l'ignorance !...

— Mon général, c'est bien par amitié pour vous... Venez dîner un soir à la maison, je vous raconterai nos différentes péripéties. Enfin, celles qui peuvent être racontées...

— Ah ! Tout de même ! Je savais bien qu'il y aurait quelque chose à pêcher dans la région de Sirius. Entendu, je viendrai un de ces soirs avec la générale. J'ai hâte de connaître vos aventures là-haut.

— Ce sera avec plaisir, mon général.

— Tout de même, vous pouvez me dire tout de suite comme ça, en gros... ça s'est bien passé ce voyage ?

— Impeccablement, mon général. Les trajectoires paraboliques étaient nickel ! Calculées à la perfection. Hormis la fausseté de la relativité du temps selon l'hypothèse d'Einstein – erreur dont je me réjouis puisque, malgré les quelques années que nous avons pris nous-mêmes, elle nous permet de retrouver nos femmes et enfants sans la différence d'âge redoutée au départ – aucun incident notable à signaler sur le plan du vol. Nous avons trouvé des traces de vie amibienne dans la région de Sirius mais aucun être vivant comparable à l'homme. À mon avis, les modèles de systèmes solaires en ces régions sont vraiment trop éloignés du nôtre pour comporter des civilisations évoluées.

— Dommage ! fit le général, rêveur... C'est bon Colonel, vous pouvez disposer... Bon week-end !... (Puis, bougonnant) Enfoirés de politiques, tout de même ! Pourquoi nous font-ils toujours autant de cachotteries ?...

— Dieu seul le sait !... Bon week-end à vous, mon général !

*

Au fond de son capharnaüm, le professeur cherchait ses notes. Le professeur Whitehall était un grand archéologue, un savant, un spécialiste de l'histoire ancienne et des religions... Il avait écrit de nombreux livres sur le sujet, parfois un peu somnifères mais toujours très bien documentés, et il n'aurait pas supporté qu'on le compare à tous ces « romanciers » qui font leur fortune en réinventant chaque fois une Histoire qu'ils ignorent du début à la fin ! Pas comme lui, professeur Whitehall, qui ne faisait qu'additionner des faits, rien que des faits !... Lui, il savait qu'il y avait eu indubitablement un début, et qu'il y aura une fin... Aussi sûr que deux et deux font quatre ! Ça n'est pas pour rien qu'on l'avait élu à la chaire d'Archéologie de la plus grande université américaine, poste respectable s'il en est...

Le professeur cherchait... Un point l'avait toujours intrigué dans le rapport qu'il avait établi entre la Genèse de la Bible et le mystérieux savoir de l'Égypte antique. Il avait vraiment la sensation, cette fois, de

238

tenir la solution... Il recherchait fébrilement la note qu'il avait écrite un jour, voilà plus de trente ans, lorsqu'il était encore jeune stagiaire en Haute-Égypte. Le professeur s'en souvenait parfaitement. Il avait relevé comme une incongruité le fait de trouver le nom de Thor, un dieu nordique, parmi la litanie des dieux égyptiens antiques. Il était presque sûr d'avoir vu ce nom sur un papyrus relatant l'histoire d'une « vache volante » qui l'aurait déposé là... Mais le professeur ne retrouvait pas ses notes... Aurait-il confondu avec Thot, le dieu des scribes ?... C'était si vieux, et tout ça était si compliqué... Après tout, se disait le professeur, même dans l'antiquité il arrivait que les scribes interprétassent les faits et devinssent des conteurs, n'est-ce pas ?... Autant dire des romanciers, ces ennemis de la vraie science... Vraiment, on ne pouvait se fier à personne !... N'avait-il pas lu avec stupeur que, dans les années 2 000, qu'un de ces écrivains sans vergogne avait fait une fortune mondiale en déclarant avoir « décodé la Bible » ?... Je vous demande un peu ! DECODER LA BIBLE !!!... Et spécialement sa partie qui lui tenait tant à cœur, la Genèse ! Selon cet impudent, elle n'aurait été qu'une suite de prophéties jusqu'aux temps modernes comme une énorme biographie de l'humanité écrite plus de 5 000 ans par avance, et dictée à Moïse par Yahvé lui-même après avoir été codée par un super ordinateur de l'antiquité...

— Comme s'il y avait eu des computers dans l'antiquité ! pesta le professeur... Et ceci afin qu'elle ne soit pas déchiffrable avant le troisième millénaire... Quelles fadaises !... Et en admettant... Je dis bien en admettant que cela fut possible, maugréait le professeur... Tout lecteur à l'esprit suffisamment ouvert sait bien que, même en notre troisième millénaire, les humains ne sont pas encore assez sages pour accepter une quelconque « révélation » supplémentaire ! Ils s'en targueraient aussitôt pour s'étriper encore de plus belle : « Jihad », « Allah Akbar »... « Got mit uns »... « Tuez-les tous, Dieu reconnaîtra les siens ! »...

Saloperie de divinité, réelle ou non, quelles nouvelles monstruosités commettra-t-on encore en ton nouveau nom ? Ce Dieu qu'on nous a dit d'Amour se serait-il trompé en croyant créer l'homme à son image ?... Impossible puisque, s'Il existe, Il est omniscient... Faut-il alors croire qu'Il l'a fait exprès ?... Peut-être que Dieu est masochiste ? Peut-être aime-t-il à souffrir et faire souffrir ses créatures ?... Mais alors, son amour bizarre, qu'il le garde !... Et s'il n'existe pas, il n'y a rien à trouver !... Que d'encre dépensée en vain !...

Alors ?... Au mieux, ce romancier se sera égaré lui-même en croyant sincèrement avoir décodé quelque chose dans ce document universel... Hum, ce ne serait pas la première fois qu'un romancier se tromperait et tromperait ses lecteurs... Ces gens-là ont tellement d'imagination ! Ils nous ont déjà fait le coup de nombreuses fois avec leurs interprétations toutes plus fantaisistes les unes que les autres du célèbre Nostradamus... »

Le professeur croyait surtout que l'exégèse biblique est une merveilleuse machine à sous qui a fonctionné pendant des siècles avec des millions d'hommes crédules à qui l'on a fait avaler des utopies, et qui marchera encore longtemps tant qu'on n'aura pas rétabli la Vérité Vraie...

La Vérité Vraie !... Voilà ce dont rêve le professeur... Il n'y a évidemment que la Science avec un grand S qui pourra un jour la révéler au monde...

« La communauté scientifique mondiale a déjà fait un grand pas en admettant unanimement que l'humanité descendait de « Lucy », cette petite femelle africaine trouvée par un français , pensait-il. Voilà au moins une chose fiable ! » Ah ! Si l'on pouvait trouver des choses aussi certaines, des preuves aussi solides en matière de religions... Il est vrai que la matière spirituelle est éminemment plus ésotérique que la paléontologie, pas facile d'en déduire des certitudes admissibles par tous. Mais lui, professeur Whitehall, était un cartésien. Et il parviendrait bientôt, c'était sûr, à démontrer de manière certaine l'existence ou la non-existence de Dieu... C'est bien pourquoi le professeur détestait les romanciers, ces foutus scribouillards qui ne respectent rien ! Ils inventeraient vraiment n'importe quoi pour écrire un livre à succès !

* *

*

FIN

Un grand merci à mes lecteurs, et aux centaines « d'amis virtuels » qui me font la grâce de suivre mes publications et mes commentaires sur Facebook.

DIAMEDIT n'est encore qu'une toute petite Maison d'Édition provinciale qui ne dispose pas des moyens télévisuels des grandes Maisons parisiennes. Le nombre et la qualité des commentaires sur AMAZON sont quasiment la seule manière de populariser ses auteurs.

Si ce roman vous a plu, n'hésitez donc pas à le dire autour de vous et allez écrire ce que vous en pensez sur la page correspondante d'AMAZON.

www.ingramcontent.com/pod-product-compliance
Lightning Source LLC
Chambersburg PA
CBHW060549260626
47161CB00003B/1115